昭明文選卷九

【畋獵下】

長楊賦一首 并序　楊子雲

明年，上將大誇胡人以多禽獸。秋，命右扶風發民入南山，西自褒斜，東至弘農，南敺漢中，張羅罔罝罘，捕熊羆豪豬，虎豹狖玃，狐兔麋鹿，載以檻車，輸長楊射熊館。以網爲周阹，縱禽獸其中，令胡人手搏之，自取其獲，上親臨觀焉。是時，農民不得收斂。雄從至射熊館，還，上《長楊賦》，聊因筆墨之成文章，故藉翰林以爲主人，子墨爲客卿以風。其辭曰：

子墨客卿問於翰林主人曰：『蓋聞聖主之養民也，仁霑而恩洽，動不爲身。今年獵長楊，先命右扶風，左太華而右褒斜，椓巀嶭而爲弋，紆南山以爲罝。羅千乘於林莽，列萬騎於山隅。帥軍踤阹，錫戎獲胡。搤熊羆，拖豪豬。木擁槍纍，以爲儲胥。此天下之窮覽極觀也。雖然，亦頗擾于農人。三旬有餘，其廑至矣，而功不圖，恐不識者，外之則以爲娱樂之游，內之則不以爲乾豆之事，豈爲民乎哉！且人君以玄默爲神，澹泊爲德，今樂遠出以露威靈，數摇動以罷車甲，本非人主之急務也，蒙竊惑焉。』

翰林主人曰：『吁，客何謂之兹耶！若客，所謂知其一未覩其二，見其外不識其內也。僕嘗倦談，不能一二其詳，請略舉其凡，而客自覽其切焉。』

客曰：『唯，唯。』主人曰：『昔有彊秦，封豕其土，窫窳其民，鑿齒之徒，相與摩牙而争之。豪俊麋沸雲擾，群黎爲之不康。於是上帝眷顧高祖，高祖奉命，順斗極，運天關。横鉅海，漂崑崙。提劍而叱之，所過麾城摲邑，下將降旗。一日之戰，不可殫記。當此之勤，頭蓬不暇梳，飢不及餐。鞮鍪生蟣蝨，介胄被霑汗。以爲萬姓請命乎皇天。乃展人之所詘，振人之所乏。規億載，恢帝業。七年之間而天下密如也。

『逮至聖文，隨風乘流，方垂意於至寧。躬服節儉，綈衣不弊，革鞜不穿。大厦不居，木器無文。於是後宮賤瑇瑁而疏珠璣，却翡翠之飾，除彫琢之巧。惡麗靡而

不近，斥芬芳而不御，抑止絲竹晏衍之樂，憎聞鄭衛幼眇之聲，是以玉衡正而太階平也。

『其後熏鬻作虐，東夷橫畔。羌戎睚眥，閩越相亂。遐民爲之不安，中國蒙被其難。於是聖武勃怒，爰整其旅。乃命驃衛，汾沄沸渭，雲合電發。猋騰波流，機駭蜂軼。疾如奔星，擊如震霆。碎轒輼，破穹廬。腦沙幕，髓余吾。遂躐乎王庭。敺橐駝，燒熐蠡。分勢單于，磔裂屬國。夷阬谷，拔鹵莽，刊山石。蹂尸輿廝，係累老弱。吮鋋瘢耆、金鏃淫夷者數十萬人，皆稽顙樹頷，扶服蛾伏。二十餘年矣，尚不敢惕息。夫天兵四臨，幽都先加。迴戈邪指，南越相夷。靡節西征，羌僰東馳。是以遐方疏俗，殊鄰絕黨之域。自上仁所不化，茂德所不綏。莫不蹻足抗首，請獻厥珍。使海內澹然，永亡邊城之災，金革之患。

『今朝廷純仁，遵道顯義，并包書林，聖風雲靡。英華沈浮，洋溢八區。普天所覆，莫不沾濡。士有不談王道者，則樵夫笑之。意者以爲事罔隆而不殺，物靡盛而不虧。故平不肆險，安不忘危。乃時以有年出兵，整輿竦戎。振師五柞，習馬長楊。簡力狡獸，校武票禽。乃萃然登南山，瞰烏弋。西厭月蜎，東震日域。又恐後代迷於一時之事，常以此爲國家之大務，淫荒田獵，陵夷而不禦也。是以車不安軔，日未靡旃。從者彷彿，骫屬而還。亦所以奉太尊之烈，遵文武之度。復三王之田，反五帝之虞。使農不輟耰，工不下機。婚姻以時，男女莫違。出凱弟，行簡易。矜劬勞，休力役。見百年，存孤弱。帥與之，同苦樂。然後陳鐘鼓之樂，鳴鞀磬之和，建碣磍之虡。拮隔鳴球，掉八列之舞。酌允鑠，肴樂胥。聽廟中之雍雍，受神人之福祜。歌投頌，吹合雅。其勤若此，故真神之所勞也。方將俟元符，以禪梁甫之基，增泰山之高。延光于將來，比榮乎往號。豈徒欲淫覽浮觀，馳騁秔稻之地，周流梨栗之林，蹂踐芻蕘，誇詡衆庶，盛狖玃之收，多麋鹿之獲哉！且盲者不見咫尺，而離婁燭千里之隅；客徒愛胡人之獲我禽獸，曾不知我亦已獲其王侯。』

言未卒，墨客降席再拜稽首曰：『大哉體乎！允非小人之所能及也。乃今日發矇，廓然已昭矣！』

射雉賦一首

潘安仁

涉青林以游覽兮，樂羽族之群飛。聿采毛之英麗兮，有五色之名翬。厲耿介之專心兮，奓雄豔之姱姿。巡丘陵以經略兮，畫墳衍而分畿。

於時青陽告謝，朱明肇授。靡木不滋，無草不茂。初莖蔚其曜新，陳柯槭以改舊。天泱泱以垂雲，泉涓涓而吐溜。麥漸漸以擢芒，雉鷕鷕而朝鴝。眄箱籠以揭驕，睨驍媒之變態。奮勁骹以角槎，瞵悍目以旁睞。鸎綺翼而䞓撾，灼繡頸而衮背。鬱軒翥以餘怒，思長鳴以效能。

爾乃摯場拄翳，停僮葱翠。緑柏參差，文翮鱗次。蕭森繁茂，婉轉輕利。衷料戾以徹鑒，表厭躡以密緻。恐吾游之晏起，慮原禽之罕至。甘疲心於企想，分倦目以寓視。何調翰之喬桀，邈疇類而殊才。候扇舉而清叫，野聞聲而應媒。褰微罟以長眺，已踉蹡而徐來。摛朱冠之絶赫，敷藻翰之陪鰓。首葯緑素，身拕黼繪。青鞦莎靡，丹臆蘭綷。或蹶或啄，時行時止。班尾揚翹，雙角特起。

良遊呃喔，引之規裏。應叱愕立，擢身竦峙。捧黄間以密毂，屬剛罫以潛擬。倒禽紛以迸落，機聲振而未已。山鷩悍害，猋迅已甚。越壑淩岑，飛鳴薄廪。鯨牙低鏃，心平望審。毛體摧落，霍若碎錦。逸群之俊，擅場挾兩。櫟雌妒異，倏來忽往。忌上風之餮切，畏映日之儻朗。屏發佈而累息，徒心煩而技懩。伊義鳥之應敵，啾擭地以厲響。彼聆音而逕進，忽交距以接壤。彤盈窗以美發，紛首頽而臆仰。

或乃崇墳夷靡，農不易壠。稊菽蕽糅，藹薈菶茸。鳴雄振羽，依于其冢。摑降丘以馳敵，雖形隱而草動。睹挺穟之傾掉，意淰躍以振踊。噉出苗以入場，愈情駭而神悚。望靡合而翳皛，雉腴肩而旋踵。俟余志之精鋭，擬青顱而點項。亦有目不步體，邪眺旁剔。靡聞而驚，無見自鷩。周環回復，繚繞磐辟。戾翳旋把，縈隨所歷。彳亍中輟，馥焉中鏑。前剔重膺，傍截疊翮。

若夫多疑少決，膽劣心狷。内無固守，出不交戰。來若處子，去如激電。闚閤藹葉，幘歷乍見。於是筭分銖，商遠邇。揆懸刀，騁絶技。如轘如軒，不高不埤。當咮值胸，裂膆破觜。夷險殊地，馴粗異變。昃不暇食，夕不告倦。昔賈氏之如皋，始解顔於一箭。醜夫爲之改貌，憾妻爲之釋怨。彼游田之致獲，咸乘危以馳鶩。何斯藝

之安逸，羌禽從其己豫。清道而行，擇地而住。尾飾鑣而在服，肉登俎而永御。豈唯皂隸，此焉君舉！

若乃耽槃流遁，放心不移。忘其身恤，司其雄雌。樂而無節，端操或虧。此則老氏所誡，君子不為。

【紀行上】

北征賦一首

班叔皮

余遭世之顛覆兮，罹填塞之阸災。舊室滅以丘墟兮，曾不得乎少留。遂奮袂以北征兮，超絕跡而遠遊。

朝發軔於長都兮，夕宿瓠谷之玄宮。歷雲門而反顧，望通天之崇崇。乘陵崗以登降，息郇邠之邑鄉。慕公劉之遺德，及行葦之不傷。彼何生之優渥，我獨罹此百殃？故時會之變化兮，非天命之靡常。

登赤須之長阪，入義渠之舊城。忿戎王之淫狡，穢宣后之失貞。嘉秦昭之討賊，赫斯怒以北征。紛吾去此舊都兮，騑遲遲以歷茲。

遂舒節以遠逝兮，指安定以為期。涉長路之緜緜兮，遠紆回以樛流。過泥陽而太息兮，悲祖廟之不脩。釋余馬於彭陽兮，且弭節而自思。日晻晻其將暮兮，覩牛羊之下來。寤曠怨之傷情兮，哀詩人之歎時。

越安定以容與兮，遵長城之漫漫。劇蒙公之疲民兮，為彊秦乎築怨。舍高亥之切憂兮，事蠻狄之遼患。不耀德以綏遠，顧厚固而繕藩。首身分而不寤兮，猶數功而辭諐。何夫子之妄說兮，孰云地脉而生殘。

登鄣隧而遙望兮，聊須臾以婆娑。閔獯鬻之猾夏兮，弔尉邛於朝那。從聖文之克讓兮，不勞師而幣加。惠父兄於南越兮，黜帝號於尉他。降几杖於藩國兮，折吳濞之逆邪。惟太宗之蕩蕩兮，豈曩秦之所圖。

隮高平而周覽，望山谷之嵯峨。野蕭條以莽蕩，迥千里而無家。風猋發以漂遙兮，谷水灌以揚波。飛雲霧之杳杳，涉積雪之皚皚。鴈邕邕以群翔兮，鵾雞鳴以嚌嚌。

遊子悲其故鄉，心愴悢以傷懷。撫長劒而慨息，泣漣落而霑衣。攬余涕以於邑

兮，哀生民之多故。夫何陰曀之不陽兮，嗟久失其平度。諒時運之所為兮，永伊鬱其誰愬？

亂曰：夫子固窮遊藝文兮，樂以忘憂惟聖賢兮？達人從事有儀則兮，行止屈申與時息兮？君子履信無不居兮，雖之蠻貊何憂懼兮？一

東征賦一首

曹大家

惟永初之有七兮，余隨子乎東征。時孟春之吉日兮，撰良辰而將行。乃舉趾而升輿兮，夕予宿乎偃師。遂去故而就新兮，志愴悢而懷悲！

明發曙而不寐兮，心遲遲而有違。酌罇酒以弛念兮，喟抑情而自非。諒不登櫟而椓蠡兮，得不陳力而相追。且從衆而就列兮，聽天命之所歸。遵通衢之大道兮，求捷徑欲從誰？乃遂往而徂逝兮，聊游目而遨魂！

歷七邑而觀覽兮，遭鞏縣之多艱。望河洛之交流兮，看成皋之旋門。既免脫於峻嶮兮，歷滎陽而過卷。食原武之息足，宿陽武之桑間。涉封丘而踐路兮，慕京師而竊歎！小人性之懷土兮，自書傳而有焉。

遂進道而少前兮，得平丘之北邊。入匡郭而追遠兮，念夫子之厄勤。彼衰亂之無道兮，乃困畏乎聖人。悵容與而久駐兮，忘日夕而將昏。到長垣之境界，察農野之居民。覩蒲城之丘墟兮，生荊棘之榛榛。惕覺寤而顧問兮，想子路之威神。衛人嘉其勇義兮，訖于今而稱云。蘧氏在城之東南兮，民亦尚其丘墳。唯令德為不朽兮，身既沒而名存。

惟經典之所美兮，貴道德與仁賢。吳札稱多君子兮，其言信而有徵。後衰微而遭患兮，遂陵遲而不興。知性命之在天，由力行而近仁。勉仰高而蹈景兮，盡忠恕而與人。好正直而不回兮，精誠通於明神。庶靈祇之鑒照兮，祐貞良而輔信。

亂曰：君子之思，必成文兮。盍各言志，慕古人兮。先君行止，則有作兮。雖其不敏，敢不法兮。貴賤貧富，不可求兮。正身履道，以俟時兮。脩短之運，愚智同兮。靖恭委命，唯吉凶兮。敬慎無怠，思嗛約兮。清靜少欲，師公綽兮。

昭明文選卷十

【紀行下】

西征賦一首

潘安仁

歲次玄枵，月旅蕤賓。丙丁統日，乙未御辰。潘子憑軾西征，自京徂秦。乃喟然歎曰：

古往今來，邈矣悠哉！寥廓惚恍，化一氣而甄三才。此三才者，天地人道。唯生與位，謂之大寶。生有脩短之命，位有通塞之遇。鬼神莫能要，聖智弗能豫。

當休明之盛世，託菲薄之陋質。納旌弓於鉉台，贊庶績於帝室。嗟鄙夫之常累，固既得而患失。無柳季之直道，佐士師而一黜。

武皇忽其升遐，八音遏於四海。天子寢於諒闇，百官聽於冢宰。彼負荷之殊重，雖伊周其猶殆。窺七貴於漢庭，譸一姓之或在？無危明以安位，祇居逼以示專。陷亂逆以受戮，匪禍降之自天。孔隨時以行藏，蘧與國而舒卷。苟蔽微以繆章，患過辟之未遠。悟山潛之逸士，卓長往而不反。陋吾人之拘攣，飄萍浮而蓬轉。寮位儡其隆替，名節漼以隳落。危素卵之累殼，甚玄燕之巢幕。心戰懼以兢悚，如臨深而履薄。夕獲歸於都外，宵未中而難作。匪擇木以棲集，尠林焚而鳥存。遭千載之嘉會，皇合德於乾坤。弛秋霜之嚴威，流春澤之渥恩。甄大義以明責，反初服於私門。

皇鑒揆余之忠誠，俄命余以末班。牧疲人於西夏，攜老幼而入關。丘去魯而顧歎，季過沛而涕零。伊故鄉之可懷，疚聖達之幽情。矧匹夫之安土，邈投身於鎬京。猶犬馬之戀主，竊託慕於闕庭。眷鞏洛而掩涕，思纏緜於墳塋。

爾乃越平樂，過街郵。秣馬皐門，稅駕西周。遠矣姬德，興自高辛。思文后稷，厥初生民。率西水滸，化流岐豳。祚隆昌發，舊邦惟新。旋牧野而歷茲，愈守柔以執競。夜申旦而不寐，憂天保之未定。惟泰山其猶危，祀八百而餘慶。鑒亡王之驕淫，竄南巢以投命。坐積薪以待然，方指日而比盛。人度量之乖舛，何相越之遼迴！

考土中於斯邑，成建都而營築。既定鼎于郟鄏，遂鑽龜而啓繇。平失道而來遷，繄二國而是祐。豈時王之無僻？賴先哲以長懋。望圉北之兩門，感虢鄭之納惠。討子頹之樂禍，尤闕西之效戾。重戮帶以定襄，弘大順以霸世。靈壅川以止鬭，晉演義以獻說。咨景悼以迄丐，政淩遲而彌季。俾庶朝之構逆，歷兩王而干位。逾十葉以逮赧，邦分崩而爲二。竟橫噬於虎口，輸文武之神器。

澡孝水而濯纓，嘉美名之在茲。夭赤子於新安，坎路側而瘞之。亭有千秋之號，子無七旬之期。雖勉勵於延吴，實潛慟乎余慈。

眄山川以懷古，悵攬轡於中塗。虐項氏之肆暴，坑降卒之無辜。激秦人以歸德，成劉后之來蘇。事回泬而好還，卒宗滅而身屠。

經澠池而長想，停余車而不進。秦虎狼之彊國，趙侵弱之餘燼。超入險而高會，杖命世之英藺。恥東瑟之偏鼓，提西缶而接刃。辱十城之虚壽，奄咸陽以取俊。出申威於河外，何猛氣之咆勃。入屈節於廉公，若四體之無骨。處智勇之淵偉，方鄙吝之忿悁。雖改日而易歲，無等級以寄言。

當光武之蒙塵，致王誅于赤眉。異奉辭以伐罪，初垂翅於回谿。不尤眚以掩德，終奮翼而高揮。建佐命之元勳，振皇綱而更維。

登崤阪之威夷，仰崇嶺之嵯峨。皋記墳於南陵，文違風於北阿。蹇哭孟以審敗，襄墨縗以授戈。曾隻輪之不反，紩三帥以濟河。值庸主之矜愎，殆肆叔於朝市。任好綽其餘裕，獨引過以歸己。明三敗而不黜，卒陵晉以雪恥。豈虚名之可立，良致霸其有以。

降曲崤而憐虢，託與國於亡虞。貪誘賂以賣鄰，不及臘而就拘。垂棘反於故府，屈產服于晉輿。德不建而民無援，仲雍之祀忽諸。

我徂安陽，言陟陝郛。行乎漫瀆之口，憩乎曹陽之墟。美哉邈乎！茲土之舊也，固乃周邵之所分，二南之所交。麟趾信於關雎，騶虞應乎鵲巢。

澘漢氏之剥亂，朝流亡以離析。卓滔天以大滁，劫宮廟而遷跡。俾萬乘之盛尊，降遥思於征役。顧請旋於僊汎，既獲許而中惕。追皇駕而驟戰，望玉輅而縱鏑。痛百寮之勤王，咸畢力以致死。分身首於鋒刃，洞胸腋以流矢。有褰裳以投岸，或

攘袂以赴水。傷桴楫之褊小，撮舟中而掬指。

升曲沃而惆悵，惜兆亂而兄替。枝末大而本披，都偶國而禍結。臧札飄其高厲，委曹吴而成節。何莊武之無恥，徒利開而義閉！躡函谷之重阻，看天險之衿帶。跡諸侯之勇怯，筭嬴氏之利害。或開關以延敵，競遯逃以奔竄。有噤門而莫啓，不窺兵於山外。連雞互而不棲，小國合而成大。豈地勢之安危，信人事之否泰！

漢六葉而拓畿，縣弘農而遠關。厭紫極之閑敞，甘微行以遊盤。長傲賓於柏谷，妻覩貌而獻餐。疇匹婦其已泰，胡厥夫之繆官！昔明王之巡幸，固清道而後往。懼銜橜之或變，峻徒御以誅賞。彼白龍之魚服，挂豫且之密網。輕帝重于天下，奚斯漸之可長？吊戾園於湖邑，諒遭世之巫蠱。探隱伏於難明，委讒賊之趙虜。加顯戮於儲貳，絶肌膚而不顧。作歸來之悲臺，徒望思其何補？

紛吾既邁此全節，又繼之以盤桓。問休牛之故林，感徵名於桃園。發閿鄉而警策，愬黄巷以濟潼。眺華岳之陰崖，覿高掌之遺蹤。憶江使之反璧，告亡期於祖龍。不語怪以徵異，我聞之於孔公。

愠韓馬之大憝，阻關谷以稱亂。魏武赫以霆震，奉義辭以伐叛。彼雖衆其焉用，故制勝於廟筭。砰揚桴以振塵，繣瓦解而冰泮。超遂遁而奔狄，甲卒化爲京觀。

倦狹路之迫隘，軌踦嶇以低仰。蹈秦郊而始闢，豁爽塏以宏壯。黄壤千里，沃野彌望。華實紛敷，桑麻條暢。邪界褒斜，右濵汧隴，寶雞前鳴，甘泉後涌。面終南而背雲陽，跨平原而連嶓冢。九嵕巀嶭，太一巃嵸。吐清風之飂戾，納歸雲之鬱蓊。南有玄灞素滻，湯井温谷。北有清渭濁涇，蘭池周曲。浸決鄭白之渠，漕引淮海之粟。林茂有鄠之竹，山挺藍田之玉。班述陸海珍藏，張叙神皋隩區。此西賓所以言於東主，安處所以聽於憑虚也，可不謂然乎？

勁松彰於歲寒，貞臣見於國危。入鄭都而抵掌，義桓友之忠規。竭股肱於昏主，赴塗炭而不移。世善職於司徒，緇衣弊而改爲。

履犬戎之侵地，疾幽后之詭惑。舉僞烽以沮衆，淫嬖褒以縱慝。軍敗戲水之上，身死驪山之北。赫赫宗周，威爲亡國。

又有繼於此者，異哉，秦始皇之爲君也！傾天下以厚葬，自開闢而未聞。匠人

勞而弗圖，俾生埋以報勤。外羅西楚之禍，內受牧豎之焚。語曰：行無禮必自及。此非其效與？

乾坤以有親可久，君子以厚德載物。觀夫漢高之興也，非徒聰明神武、豁達大度而已也。乃實慎終追舊，篤誠款愛。澤靡不漸，恩無不逮。率土且弗遺，而況於鄰里乎？況於卿士乎？

于斯時也，乃摹寫舊豐，制造新邑。故社易置，枌榆遷立。街衢如一，庭宇相襲。渾雞犬而亂放，各識家而競入。

籍含怒於鴻門，沛跼蹐而來王。范謀害而弗許，陰授劍以約莊。撝白刃以萬舞，危冬葉之待霜。履虎尾而不噬，寔要伯於子房。樊抗憤以卮酒，咀彘肩以激揚。忽蛇變而龍攄，雄霸上而高驤。曾遷怒而橫撞，碎玉斗其何傷？

嬰罥組於軹塗，投素車而肉袒。踈飲餞於東都，畏極位之盛滿。金墉鬱其萬雉，峻嵯峭以繩直。戾飲馬之陽橋，踐宣平之清閾。都中雜遝，戶千人億。華夷士女，駢田逼側。展名京之初儀，即新館而莅職。勵疲鈍以臨朝，勗自強而不息。

於是孟秋爰謝，聽覽餘日。巡省農功，周行廬室。街里蕭條，邑居散逸。營宇寺署，肆廛管庫，蕞芮於城隅者，百不處一。所謂尚冠脩成，黃棘宣明。建陽昌陰，北焕南平。皆夷漫滌蕩，亡其處而有其名。爾乃階長樂，登未央。汎太液，淩建章。縈馺娑而款駘蕩，轥枍詣而轢承光。徘徊桂宮，惆悵柏梁。鷩雉雊於臺陂，狐兔窟於殿傍。何黍苗之離離，而余思之芒芒！洪鍾頓於毀廟，乘風廢而弗縣。禁省鞠爲茂草，金狄遷於灞川。

懷夫蕭曹魏邴之相，辛李衛霍之將。銜使則蘇屬國，震遠則張博望。教敷而彝倫敘，兵舉而皇威暢。臨危而智勇奮，投命而高節亮。暨乎秺侯之忠孝淳深，陸賈之優游宴喜。長卿淵雲之文，子長政駿之史。趙張三王之尹京，定國釋之之聽理。汲長孺之正直，鄭當時之推士。終童山東之英妙，賈生洛陽之才子。飛翠緌，拖鳴玉，以出入禁門者衆矣。或被髮左衽，奮迅泥滓。或從容傅會，望表知裏。或著顯績而嬰時戮，或有大才而無貴仕。皆揚清風於上烈，垂令聞而不已。想珮聲之遺響，若鏗鏘之在耳。當音鳳恭顯之任勢也，乃熏灼四方，震耀都鄙。而死之日，曾不

得與夫十餘公之徒隸齒。才難，不其然乎？

望漸臺而扼腕，梟巨猾而餘怒。揖不疑於北闕，軾樗里於武庫。酒池鑒於商辛，追覆車而不寤。曲陽僭於白虎，化奢淫而無度。命有始而必終，孰長生而久視？武雄略其焉在，近惑文成而溺五利。侔造化以制作，窮山海之奧秘。靈若翔於神島，奔鯨浪而失水。爆鱗骼於漫沙，隕明月以雙墜。擢仙掌以承露，干雲漢而上至。致邛蒟其奚難，惟余欲而是恣。縱逸遊於角牴，絡甲乙以珠翠。忍生民之減半，勒東岳以虛美。超長懷以遐念，若循環之無賜。

較面朝之煥炳，次後庭之猗靡。壯當熊之忠勇，深辭輦之明智。衛鬒髮以光鑒，趙輕體之纖麗。咸善立而聲流，亦寵極而禍侈。

津便門以右轉，究吾境之所暨。掩細柳而撫劍，快孝文之命帥。周受命以忘身，明戎政之果毅。距華蓋於壘和，案乘輿之尊轡。肅天威之臨顏，率軍禮以長撎。輕棘霸之兒戲，重條侯之倨貴。

索杜郵其焉在，云孝里之前號。惘輟駕而容與，哀武安以興悼。争伐趙以徇國，定廟算之勝負。扞矢言而不納，反推怨以歸咎。未十里於遷路，尋賜劍以刎首。嗟主闇而臣嫉，禍於何而不有？

窺秦墟於渭城，冀闕緬其堙盡。覓陛殿之餘基，裁岐峗以隱嶙。想趙使之抱璧，瀏睨楹以抗憤。燕圖窮而荆發，紛絕袖而自引。筑聲厲而高奮，狙潛鉛以脫臏。據天位其若茲，亦狼狽而可湣！簡良人以自輔，謂斯忠而鞅賢。寄苛制於捐灰，矯扶蘇於朔邊。儒林填於坑穽，詩書煬而為煙。國滅亡以斷後，身刑轘以啟前。商法焉得以宿，黃犬何可復牽？野蒲變而成脯，苑鹿化以為馬。假讒逆以天權，鉗衆口而寄坐。兵在頸而顧問，何不早而告我？願黔黎其誰聽，惟請死而獲可。健子嬰之果決，敢討賊以紓禍。勢土崩而莫振，作降王於路左。蕭收圖以相劉，料險易與眾寡。羽天與而弗取，冠沐猴而縱火。貫三光而洞九泉，曾未足以喻其高下也。

感市閭之菆井，歎尸韓之舊處。丞屬號而守闕，人百身以納贖。豈生命之易投，誠惠愛之洽著。訏望之以求直，亦余心之所惡。思夫人之政術，實幹時之良具。苟明法以釋憾，不愛才以成務。弘大體以高貴，非所望於蕭傅。

造長山而慷慨，偉龍顏之英主。胸中豁其洞開，群善湊而必舉。存威格乎天區，亡墳掘而莫禦。臨揜坎而累抃，步毀垣以延佇。

越安陵而無譏，諒惠聲之寂寞。吊爰絲之正義，伏梁劍於東郭。訊景皇於陽丘，奚信譖而矜謔？隕吳嗣於局下，蓋發怒於一博。成七國之稱亂，翻助逆以誅錯。恨過聽而無討，茲沮善而勸惡。

呰孝元於渭塋，執奄尹以明貶。褒夫君之善行，廢園邑以崇儉。過延門而責成，忠何辜而爲戮？陷社稷之王章，俾幽死而莫鞠。忲淫嬖之匈忍，剿皇統之孕育。張舅氏之奸漸，貽漢宗以傾覆。

刺哀主於義域，僭天爵於高安。欲法堯而承羞，永終古而不刊。瞰康園之孤墳，悲平后之專絜。殃厥父之篡逆，蒙漢恥而不雪。激義誠而引決，赴丹爓以明節。投宮火而焦糜，從灰熛而俱滅。

鶩橫橋而旋軫，歷敝邑之南垂。門磁石而梁木蘭兮，構阿房之屈奇。疏南山以表闕，倬樊川以激池。役鬼傭其猶否，矧人力之所爲？工徒斲而未息，義兵紛以交馳。宗祧汙而爲沼，豈斯宇之獨瘵？

由僞新之九廟，誇宗虞而祖黃。驅吁嗟而妖臨，搜佞哀以拜郎。誦六藝以飾奸，焚詩書而面牆。心不則於德義，雖異術而同亡。

宗孝宣於樂游，紹衰緒以中興。不獲事於敬養，盡加隆於園陵。兆惟奉明，邑號千人。訊諸故老，造自帝詢。隱王母之非命，縱聲樂以娛神。雖靡率於舊典，亦觀過而知仁。

憑高望之陽隈，體川陸之汙隆。開襟乎清暑之館，游目乎五柞之宮。交渠引漕，激湍生風，乃有昆明池乎其中。其池則湯湯汗汗，滉瀁瀰漫，浩如河漢。日月麗天，出入乎東西，旦似湯谷，夕類虞淵。昔豫章之名宇，披玄流而特起。儀景星于天漢，列牛女以雙峙。圖萬載而不傾，奄摧落於十紀。擢百尋之層觀，今數仞之餘趾。振鷺于飛，鳧躍鴻漸。乘雲頡頏，隨波澹淡。瀺灂驚波，唼喋菱芡。華蓮爛於淥沼，青蕃蔚乎翠瀲。

伊茲池之肇穿，肆水戰於荒服。志勤遠以極武，良無要於後福。而菜蔬芼實，

水物惟錯，乃有贍乎原陸。在皇代而物土，故毀之而又復。凡厥寮司，既富而教。咸帥貧惰，同整楫櫂。收罟課獲，引繳舉效。鰥夫有室，愁民以樂。徒觀其鼓枻迴輪，灑釣投網，垂餌出入，挺叉來往。纖經連白，鳴根厲響。貫鰓𢏗尾，掣三牽兩。於是弛青鯤於網鉅，解赬鯉於黏徽。華魴躍鱗，素鱮揚鬐。雍人縷切，鸞刀若飛。應刃落俎，霍霍霏霏。紅鮮紛其初載，賓旅竦而遲御。既餮服以屬厭，泊恬靜以無欲。迴小人之腹，爲君子之慮。

爾乃端策拂茵，彈冠振衣。徘徊酆鎬，如渴如飢。心翹懃以仰止，不加敬而自祗。豈三聖之敢夢，竊十亂之或希。經始靈臺，成之不日。惟酆及鄗，仍京其室。庶人子來，神降之吉。積德延祚，莫二其一。永惟此邦，云誰之識？越可略聞，而難臻其極。子嬴鋤以借父，訓秦法而著色。耕讓畔以閒田，沾姬化而生棘。蘇張喜而詐騁，虞芮愧而訟息。由此觀之，土無常俗，而教有定式。上之遷下，均之埏埴。五方雜會，風流溷淆。惰農好利，不昏作勞。密邇獫狁，戎馬生郊。而制者必割，實存操刀。人之升降，與政隆替。杖信則莫不用情，無欲則賞之不竊。雖智弗能理，明弗能察；信此心也，庶免夫戾。如其禮樂，以俟來哲。

昭明文選卷十一

【遊覽】

登樓賦一首

王仲宣

登茲樓以四望兮，聊暇日以銷憂。覽斯宇之所處兮，實顯敞而寡仇。挾清漳之通浦兮，倚曲沮之長洲。背墳衍之廣陸兮，臨皐隰之沃流。北彌陶牧，西接昭丘。華實蔽野，黍稷盈疇。雖信美而非吾土兮，曾何足以少留？

遭紛濁而遷逝兮，漫逾紀以迄今。情眷眷而懷歸兮，孰憂思之可任？憑軒檻以遥望兮，向北風而開襟。平原遠而極目兮，蔽荊山之高岑。路逶迤而脩迥兮，川既漾而濟深。悲舊鄉之壅隔兮，涕橫墜而弗禁。昔尼父之在陳兮，有歸歟之歎音。鍾儀幽而楚奏兮，莊舄顯而越吟。人情同於懷土兮，豈窮達而異心？

惟日月之逾邁兮，俟河清其未極。冀王道之一平兮，假高衢而騁力。懼匏瓜之徒懸兮，畏井渫之莫食。步棲遲以徙倚兮，白日忽其將匿。風蕭瑟而並興兮，天慘慘而無色。獸狂顧以求群兮，鳥相鳴而舉翼。原野闃其無人兮，征夫行而未息。心悽愴以感發兮，意忉怛而憯惻。循堦除而下降兮，氣交憤於胸臆。夜參半而不寐兮，悵盤桓以反側。

遊天台山賦一首并序

孫興公

支遁天台山銘序曰：余覽內經山記云：剡縣東南有天台山。

天台山者，蓋山嶽之神秀者也。涉海則有方丈蓬萊，登陸則有四明天台。皆玄聖之所遊化，靈仙之所窟宅。夫其峻極之狀，嘉祥之美，窮山海之瓌富，盡人神之壯麗矣。所以不列於五嶽，闕載於常典者，豈不以所立冥奧，其路幽迥。或倒景於重溟，或匿峯於千嶺。始經魑魅之塗，卒踐無人之境。舉世罕能登陟，王者莫由禋祀。故事絕於常篇，名標於奇紀。

然圖像之興，豈虛也哉！非夫遺世翫道，絕粒茹芝者，烏能輕舉而宅之？非夫遠寄冥搜，篤信通神者，何肯遥想而存之？余所以馳神運思，晝詠宵興，俯仰之間，若已再升者也。方解纓絡，永託茲嶺。不任吟想之至，聊奮藻以散懷。

太虛遼廓而無閡，運自然之妙有，融而爲川瀆，結而爲山阜。嗟台嶽之所奇挺，寔神明之所扶持。蔭牛宿以曜峯，託靈越以正基。結根彌於華岱，直指高於九疑。應配天於唐典，齊峻極於周詩。

邈彼絕域，幽邃窈窕。近智以守見而不之，之者以路絕而莫曉。哂夏蟲之疑冰，整輕翮而思矯。理無隱而不彰，啓二奇以示兆。赤城霞起而建標，瀑布飛流以界道。

覩靈驗而遂徂，忽乎吾之將行。仍羽人於丹丘，尋不死之福庭。苟台嶺之可攀，亦何羨於層城？釋域中之常戀，暢超然之高情。被毛褐之森森，振金策之鈴鈴。披荒榛之蒙蘢，陟峭崿之崢嶸。濟楢溪而直進，落五界而迅征。跨穹隆之懸磴，臨萬丈之絕冥。踐莓苔之滑石，搏壁立之翠屏。攬樛木之長蘿，援葛藟之飛莖。雖一冒於垂堂，乃永存乎長生。必契誠於幽昧，履重嶮而逾平。

既克隮於九折，路威夷而脩通。恣心目之寥朗，任緩步之從容。藉萋萋之纖草，蔭落落之長松。覿翔鸞之裔裔，聽鳴鳳之嗈嗈。過靈溪而一濯，疏煩想於心胸。蕩遺塵於旋流，發五蓋之遊蒙。追羲農之絕軌，躡二老之玄蹤。

陟降信宿，迄於仙都。雙闕雲竦以夾路，瓊臺中天而懸居。朱闕玲瓏於林間，玉堂陰映于高隅。彤雲斐亹以翼櫺，皦日炯晃於綺疏。八桂森挺以凌霜，五芝含秀而晨敷。惠風佇芳於陽林，醴泉涌溜於陰渠。建木滅景於千尋，琪樹璀璨而垂珠。王喬控鶴以沖天，應真飛錫以躡虛。騁神變之揮霍，忽出有而入無。

於是遊覽既周，體靜心閑。害馬已去，世事都捐。投刃皆虛，目牛無全。凝思幽巖，朗詠長川。爾乃羲和亭午，遊氣高褰。法鼓琅以振響，衆香馥以揚煙。肆覲天宗，爰集通仙。挹以玄玉之膏，嗽以華池之泉。散以象外之說，暢以無生之篇。悟遺有之不盡，覺涉無之有間；泯色空以合跡，忽即有而得玄。釋二名之同出，消一無於三幡。恣語樂以終日，等寂默於不言。渾萬象以冥觀，兀同體於自然。

蕪城賦一首

鮑明遠

瀰地平原，南馳蒼梧漲海，北走紫塞鴈門。柂以漕渠，軸以昆崗。重江複關之隩，四會五達之莊。當昔全盛之時，車挂轊，人駕肩。廛閈撲地，歌吹沸天。孳貨鹽

田，鏟利銅山。才力雄富，士馬精妍。故能奓秦法，佚周令。劃崇墉，刳濬洫，圖脩世以休命。

是以板築雉堞之殷，井幹烽櫓之勤。格高五嶽，袤廣三墳。崒若斷岸，矗似長雲。製磁石以禦衝，糊赬壤以飛文。觀基扃之固護，將萬祀而一君。出入三代五百餘載，竟瓜剖而豆分！

澤葵依井，荒葛罥塗。壇羅虺蜮，階鬬麏鼯。木魅山鬼，野鼠城狐。風嗥雨嘯，昏見晨趨。飢鷹厲吻，寒鴟嚇雛。伏虣藏虎，乳血飡膚。

崩榛塞路，崢嶸古馗。白楊早落，塞草前衰。稜稜霜氣，蔌蔌風威。孤蓬自振，驚砂坐飛。灌莽杳而無際，叢薄紛其相依。通池既已夷，峻隅又已頽。直視千里外，唯見起黃埃。凝思寂聽，心傷已摧。

若夫藻扃黼帳，歌堂舞閣之基。琁淵碧樹，弋林釣渚之館。吳蔡齊秦之聲，魚龍爵馬之玩。皆薰歇燼滅，光沉響絶。東都妙姬，南國麗人。蕙心紈質，玉貌絳脣。莫不埋魂幽石，委骨窮塵。豈憶同輿之愉樂，離宮之苦辛哉！

天道如何？吞恨者多！抽琴命操，爲蕪城之歌。歌曰：邊風急兮城上寒，井逕滅兮丘隴殘。千齡兮萬代，共盡兮何言！

【宮殿】

魯靈光殿賦一首 并序

王文考

魯靈光殿者，蓋景帝程姬之子恭王餘之所立也。初，恭王始都下國，好治宮室，遂因魯僖基兆而營焉。遭漢中微，盜賊奔突，自西京未央建章之殿，皆見隳壞，而靈光巋然獨存。意者豈非神明依憑支持，以保漢室者也。然其規矩制度，上應星宿，亦所以永安也。予客自南鄙，觀蓺於魯，覩斯而眙曰：嗟乎！詩人之興，感物而作。故奚斯頌僖，歌其路寢，而功績存乎辭，德音昭乎聲。物以賦顯，事以頌宣，匪賦匪頌，將何述焉？遂作賦曰：

粵若稽古帝漢，祖宗濬哲欽明。殷五代之純熙，紹伊唐之炎精。荷天衢以元亨，廓宇宙而作京。敷皇極以創業，協神道而大寧。於是百姓昭明，九族敦序，乃命孝孫，俾侯于魯。錫介珪以作瑞，宅附庸而開宇。乃立靈光之秘殿，配紫微而爲輔。

承明堂於少陽，昭列顯於奎之分野。

瞻彼靈光之爲狀也，則嵯峨𡼏嵬，峞巍𡾋㠑。吁！可畏乎，其駭人也。迢嶢倜儻，豐麗博敞，洞轇轕乎其無垠也。邈希世而特出，羌瓌譎而鴻紛。屹山峙以紆鬱，隆崛岉乎青雲。鬱坱圠以嶒峵，崱繒綾而龍鱗。汨磑磑以璀璨，赫燡燡而燭坤。狀若積石之鏘鏘，又似乎帝室之威神。崇墉岡連以嶺屬，朱闕巖巖而雙立。高門擬于閶闔，方二軌而並入。

於是乎乃歷夫太階，以造其堂。俯仰顧眄，東西周章。彤彩之飾，徒何爲乎？澔澔涆涆，流離爛漫。皓壁暠曜以月照，丹柱歙赩而電烻。霞駮雲蔚，若陰若陽。瀖濩燐亂，煒煒煌煌。隱陰夏以中處，霐寥窲以崢嶸。鴻爌炾以爣閬，飋蕭條而清泠。動滴瀝以成響，殷雷應其若驚。耳嘈嘈以失聽，目矎矎而喪精。駢密石與琅玕，齊玉璫與璧英。

遂排金扉而北入，霄靄靄而晻曖。旋室㛹娟以窈窕，洞房叫窱而幽邃。西廂踟躕以閑宴，東序重深而奧秘。屹鏗瞑以勿罔，屑靉翳以懿濞。魂悚悚其驚斯，心猥猥而發悸。

於是詳察其棟宇，觀其結構。規矩應天，上憲觜陬。倔佹雲起，嶔崟離摟。三間四表，八維九隅。萬楹叢倚，磊砢相扶。浮柱岧嵽以星懸，漂嶢峴而枝拄。飛梁偃蹇以虹指，揭蘧蘧而騰湊。層櫨磥垝以岌峩，曲枅要紹而環句。芝栭欑羅以戢孴，枝掌杈枒而斜據。傍夭蟜以橫出，互黝糾而搏負。下岪蔚以璀錯，上崎嶬而重注。捷獵鱗集，支離分赴。縱橫駱驛，各有所趣。

爾乃懸棟結阿，天窗綺踈。圓淵方井，反植荷蕖。發秀吐榮，菡萏披敷。綠房紫菂，窋咤垂珠。雲楶藻梲，龍桷雕鏤。飛禽走獸，因木生姿。奔虎攫挐以梁倚，仡奮舋而軒鬐。虯龍騰驤以蜿蟺，頷若動而躨跜。朱鳥舒翼以峙衡，騰蛇蟉虯而繞榱。白鹿孑蜺於欂櫨，蟠螭宛轉而承楣。狡兔跧伏於柎側，猨狖攀椽而相追。玄熊舑舕以齗齗，却負載而蹲跠。齊首目以瞪眄，徒脈脈而狋狋。胡人遙集於上楹，儼雅跽而相對。仡欺猥以雕䀛，鶌顤顟而睽睢，狀若悲愁於危處，憯嚬蹙而含悴。神仙岳岳於棟間，玉女闚窗而下視。忽瞟眇以響像，若鬼神之彷彿。

圖畫天地，品類群生。雜物奇怪，山神海靈。寫載其狀，託之丹青。千變萬化，事各繆形。隨色象類，曲得其情。上紀開闢，遂古之初。五龍比翼，人皇九頭。伏羲鱗身，女媧蛇軀。鴻荒朴略，厥狀睢盱。煥炳可觀，黃帝唐虞。軒冕以庸，衣裳有殊。下及三后，淫妃亂主。忠臣孝子，烈士貞女。賢愚成敗，靡不載敘。惡以誡世，善以示後。

於是乎連閣承宮，馳道周環。陽榭外望，高樓飛觀。長途升降，軒檻蔓延。漸臺臨池，層曲九成。屹然特立，的爾殊形。高徑華蓋，仰看天庭。飛陛揭孽，緣雲上征。中坐垂景，頫視流星。千門相似，萬户如一。巖突洞出，逶迤詰屈。周行數里，仰不見日。何宏麗之靡靡，咨用力之妙勤。非夫通神之俊才，誰能剋成乎此勳？

據坤靈之寶勢，承蒼昊之純殷。包陰陽之變化，含元氣之煙熅。玄醴騰涌於陰溝，甘靈被宇而下臻。朱桂黝儵於南北，蘭芝阿那於東西。祥風翕習以颯灑，激芳香而常芬。神靈扶其棟宇，歷千載而彌堅。永安寧以祉福，長與大漢而久存。實至尊之所御，保延壽而宜子孫。苟可貴其若斯，孰亦有云而不珍？

亂曰：彤彤靈宮，巋嶵穹崇，紛厖鴻兮。崱屴嵫釐，岑崟崰嶷，駢巃嵸兮。連拳偃蹇，崙菌踡嵼，傍欹傾兮。歇欻幽藹，雲覆霮䨴，洞杳冥兮。葱翠紫蔚，礧碨瓌瑋，含光晷兮。窮奇極妙，棟宇已來，未之有兮。神之營之，瑞我漢室，永不朽兮。

景福殿賦一首

何平叔

大哉惟魏，世有哲聖。武創元基，文集大命。皆體天作制，順時立政。至於帝皇，遂重熙而累盛。遠則襲陰陽之自然，近則本人物之至情。上則崇稽古之弘道，下則闡長世之善經。庶事既康，天秩孔明。故載祀二三，而國富刑清。歲三月，東巡狩，至于許昌。望祠山川，考時度方。存問高年，率民耕桑。越六月既望，林鍾紀律，大火昏正。桑梓繁廡，大雨時行。三事九司，宏儒碩生。感乎溽暑之伊鬱，而慮性命之所平。惟岷越之不靜，寤征行之未寧。

乃昌言曰：『昔在蕭公，暨于孫卿。皆先識博覽，明允篤誠。莫不以為不壯不麗，不足以一民而重威靈。不飭不美，不足以訓後而永厥成。故當時享其功利，後世賴其英聲。且許昌者，乃大運之攸戾，圖讖之所旌。苟德義其如斯，夫何宮室之

勿營？』帝曰：『俞哉！』玄輅既駕，輕裘斯御。乃命有司，禮儀是具。審量日力，詳度費務。鳩經始之黎民，輯農功之暇豫。因東師之獻捷，就海孽之賄賂。立景福之秘殿，備皇居之制度。

爾乃豐層覆之耽耽，建高基之堂堂。羅疏柱之汩越，肅坻鄂之鏘鏘。飛櫚翼以軒翥，反宇轍以高驤。流羽毛之威蕤，垂環玭之琳琅。參旗九旒，從風飄揚。皓皓旰旰，丹彩煌煌。故其華表，則鎬鎬鑠鑠，赫奕章灼，若日月之麗天也。其奧秘則蘙蔽曖昧，仿佛退概，若幽星之纚連也。既櫛比而攢集，又宏璉以豐敞，兼苞博落，不常一象。遠而望之，若摛朱霞而耀天文；迫而察之，若仰崇山而戴垂雲。羌瓌瑋以壯麗，紛彧彧其難分，此其大較也。若乃高甍崔嵬，飛宇承霓。繇蠻黮䨴，隨雲融泄。鳥企山峙，若翔若滯。峨峨嶫嶫，罔識所屆。雖離朱之至精，猶眩曜而不能昭晳也。

爾乃開南端之豁達，張筍虡之輪豳。華鍾杌其高懸，悍獸仡以儷陳。體洪剛之猛毅，聲訇磤其若震。爰有遐狄，鐐質輪菌。坐高門之側堂，彰聖主之威神。芸若

充庭，槐楓被宸。綴以萬年，綷以紫榛。或以嘉名取寵，或以美材見珍。結實商秋，敷華青春。藹藹萋萋，馥馥芬芬。爾其結構，則脩梁彩制，下褰上奇。桁梧複疊，勢合形離。赩如宛虹，赫如奔螭。南距陽榮，北極幽崖。任重道遠，厥庸孔多。

於是列髹彤之繡桷，垂琬琰之文璫。蝹若神龍之登降，灼若明月之流光。爰有禁楄，勒分翼張。承以陽馬，接以員方。斑間賦白，疎密有章。飛枊鳥踊，雙轅是荷。赴險凌虛，獵捷相加。皎皎白間，離離列錢。晨光內照，流景外烻。烈若鉤星在漢，煥若雲梁承天。騧徙增錯，轉縣成郛。茄蔤倒植，吐被芙蕖。繚以藻井，編以綷疏；紅葩鞸韡，丹綺離婁。菡萏赩翕，纖縟紛敷。繁飾累巧，不可勝書。

於是蘭栭積重，窶數矩設。櫼櫨各落以相承，欒栱夭蟜而交結。金楹齊列，玉舃承跋。青瑣銀鋪，是爲閨闥。雙枚既脩，重桴乃飾。棍梠緣邊，周流四極。侯衛之班，藩服之職。溫房承其東序，涼室處其西偏。開建陽則朱炎豔，啓金光則清風臻。故冬不淒寒，夏無炎燀。鈞調中適，可以永年。墉垣碭基，其光昭昭。周制白盛，今也惟縹。落帶金棋，此焉二等。明珠翠羽，往往而在。欽先王之允塞，悅重華

之無爲。命共工使作繢，明五采之彰施。圖像古昔，以當箴規。椒房之列，是準是儀。觀虞姬之容止，知治國之佞臣。見姜后之解珮，寤前世之所遵。賢鍾離之讜言，懿楚樊之退身。嘉班妾之辭輦，偉孟母之擇鄰。故將廣智，必先多聞。多聞多雜，多雜眩真。不眩焉在，在乎擇人。故將立德，必先近仁。欲此禮之不愆，是以盡乎行道之先民。朝觀夕覽，何與書紳？

若乃階除連延，蕭曼雲征。櫺檻邳張，鉤錯矩成。楯類騰蛇，槢似瓊英。如螭之蟠，如虯之停。玄軒交登，光藻昭明。騶虞承獻，素質仁形。彰天瑞之休顯，照遠戎之來庭。陰堂承北，方軒九户。右个清宴，西東其宇。連以永甯，安昌臨圃。遂及百子，後宮攸處。處之斯何，窈窕淑女。思齊徽音，聿求多祜。其祜伊何，宜爾子孫。克明克哲，克聰克敏。永錫難老，兆民賴止。於南則有承光前殿，賦政之宮。納賢用能，詢道求中。疆理宇宙，甄陶國風。雲行雨施，品物咸融。其西則有左城右平，講肄之場。二六對陳，殿翼相當。僻脫承便，蓋象戎兵。察解言歸，譬諸政刑。將以行令，豈唯娛情。鎮以崇臺，寔曰永始。複閣重闈，倡狂是俟。京庾之儲，無物不有。不虞之戒，於是焉取。

爾乃建淩雲之層盤，浚虞淵之靈沼。清露瀼瀼，渌水浩浩。樹以嘉木，植以芳草。悠悠玄魚，皠皠白鳥。沈浮翱翔，樂我皇道。若乃虯龍灌注，溝洫交流。陸設殿館，水方輕舟。篁棲鶡鷺，瀨戲鰋鮋。豐侔淮海，富賑山丘。叢集委積，焉可殫籌？雖咸池之壯觀，夫何足以比讎？

於是碣以高昌崇觀，表以建城峻廬。岧嶢岑立，崔嵬巒居。飛閣干雲，浮堦乘虛。遥目九野，遠覽長圖。頫眺三市，孰有誰無？覩農人之耘耔，亮稼穡之艱難。惟饗年之豐寡，思無逸之所歎。感物衆而思深，因居高而慮危。惟天德之不易，懼世俗之難知。觀器械之良窳，察俗化之誠僞。瞻貴賤之所在，悟政刑之夷陂。亦所以省風助教，豈惟盤樂而崇侈靡？屯坊列署，三十有二。星居宿陳，綺錯鱗比。辛壬癸甲，爲之名秩。房室齊均，堂庭如一。出此入彼，欲反忘術。惟工匠之多端，固萬變之不窮。物無難而不知，乃與造化乎比隆。讎天地以開基，並列宿而作制。制無細而不協於規景，作無微而不違於水臬。故其增構如積，植木如林。區連域絕，葉

比枝分。離背別趣，駢田胥附。縱橫逾延，各有攸注。公輸荒其規矩，匠石不知其所斲。既窮巧於規摹，何彩章之未殫。爾乃文以朱緑，飾以碧丹。點以銀黃，爍以琅玕。光明熠爚，文彩璘班。清風萃而成響，朝日曜而增鮮。雖崑崙之靈宮，將何以乎侈旃。規矩既應乎天地，舉措又順乎四時。是以六合元亨，九有雍熙。家懷克讓之風，人詠康哉之詩。莫不優遊以自得，故淡泊而無所思。歷列辟而論功，無今日之至治。彼吴蜀之湮滅，固可翹足而待之。

然而聖上猶孜孜靡忒，求天下之所以自悟。招忠正之士，開公直之路。想周公之昔戒，慕咎繇之典謨。除無用之官，省生事之故。絶流遁之繁禮，反民情於太素。故能翔岐陽之鳴鳳，納虞氏之白環。蒼龍覿於陂塘，龜書出於河源。醴泉涌於池圃，靈芝生於丘園。總神靈之貺祐，集華夏之至歡。方四三皇而六五帝，曾何周夏之足言！

昭明文選卷十二

【江海】

海賦一首

木玄虛

昔在帝媯巨唐之代，天綱浡潏，爲凋爲瘵。洪濤瀾汗，萬里無際。長波涾㳂，迆涎八裔。於是乎禹也，乃鏟臨崖之阜陸，決陂潢而相浚。啓龍門之岝嶺，墾陵巒而嶄鑿。群山既略，百川潛渫。泱漭澹泞，騰波赴勢。江河既導，萬穴俱流。掎拔五嶽，竭涸九州。瀝滴滲淫，薈蔚雲霧。涓流泱瀼，莫不來注。於廓靈海，長爲委輸。其爲廣也，其爲怪也，宜其爲大也。爾其爲狀也，則乃浟湙瀲灩，浮天無岸。沖瀜沆瀁，渺瀰湠漫。波如連山，乍合乍散。噓噏百川，洗滌淮漢。襄陵廣舄，𤅪㵧浩汗。若乃大明摭轡於金樞之穴，翔陽逸駭於扶桑之津。彯沙礐石，蕩颸島濱。於是鼓怒，溢浪揚浮。更相觸搏，飛沫起濤。狀如天輪，膠戾而激轉；又似地軸，挺拔而爭迴。岑嶺飛騰而反覆，五嶽鼓舞而相磓。渭濆淪而滀漯，鬱沏迭而隆頹。盤盓激而成窟，消滯滐而爲魁。潤泊栢而迆颺，磊匒匌而相豗。驚浪雷奔，駭水迸集。開合解會，瀼瀼濕濕。葩華踧沑，頩濘潗㵫。

若乃霾曀潛銷，莫振莫竦。輕塵不飛，纖蘿不動。猶尚呀呷，餘波獨涌。澎濞灪磈，碨磊山壟。爾其枝岐潭瀹，渤蕩成汜。乖蠻隔夷，迴互萬里。若乃偏荒速告，王命急宣。飛駿鼓楫，汎海淩山。於是候勁風，揭百尺。維長綃，挂帆席。望濤遠決，冏然鳥逝。鷸如驚鳧之失侶，倏如六龍之所掣。一越三千，不終朝而濟所屆。

若其負穢臨深，虛誓愆祈。則有海童邀路，馬銜當蹊。天吳乍見而仿佛，蝄像暫曉而閃尸。群妖遘迕，眇䁾冶夷。決帆摧橦，戕風起惡。廓如靈變，惚怳幽暮。氣似天霄，靉靆雲布。霅昱絶電，百色妖露。呵嗽掩鬱，矆睒無度。飛澇相磢，激勢相沏。崩雲屑雨，浤浤汩汩。踔踔湛灤，沸潰渝溢。瀖泋濩渭，蕩雲沃日。於是舟人漁子，徂南極東。或屑沒於黿鼉之穴，或挂罥於岑㠊之峯。或掣掣洩洩於裸人之國，或汎汎悠悠於黑齒之邦。或乃萍流而浮轉，或因歸風以自反。徒識觀怪之多駭，乃不悟所歷之近遠。

爾其爲大量也，則南澰朱崖，北灑天墟。東演析木，西薄青徐。經途瀴溟，萬萬有餘。吐雲霓，含龍魚。隱鯤鱗，潛靈居。豈徒積太顛之寶貝，與隨侯之明珠。將世之所收者常聞，所未名者若無。且希世之所聞，惡審其名？故可仿像其色，靉靆其形。

爾其水府之內，極深之庭。則有崇島巨鼇，峌蜺孤亭。擘洪波，指太清。竭磐石，棲百靈。颺凱風而南逝，廣莫至而北征。其垠則有天琛水怪，鮫人之室。瑕石詭暉，鱗甲異質。若乃雲錦散文於沙汭之際，綾羅被光於螺蚌之節。繁采揚華，萬色隱鮮。陽冰不冶，陰火潛然。熺炭重燔，吹烱九泉。朱燉緑煙，腰眇蟬蜎。

魚則橫海之鯨，突扤孤遊。戛巖嶅，偃高濤。茹鱗甲，吞龍舟。噏波則洪漣踧蹜，吹澇則百川倒流。或乃蹭蹬窮波，陸死鹽田。巨鱗插雲，鬐鬣刺天。顱骨成嶽，流膏爲淵。

若乃巖坻之隈，沙石之嶔。毛翼產鷇，剖卵成禽。鳧雛離褷，鶴子淋滲。群飛侶浴，戲廣浮深。翔霧連軒，洩洩淫淫。翻動成雷，擾翰爲林。更相叫嘯，詭色殊音。

若乃三光既清，天地融朗。不汎陽侯，乘蹻絶往。覿安期於蓬萊，見喬山之帝像。群仙縹眇，餐玉清涯。履阜鄉之留舄，被羽翮之襂纚。翔天沼，戲窮溟。甄有形於無欲，永悠悠以長生。

且其爲器也，包乾之奧，括坤之區。惟神是宅，亦祇是廬。何奇不有？何怪不儲？芒芒積流，含形內虛。曠哉坎德，卑以自居。弘往納來，以宗以都。品物類生，何有何無！

江賦一首

郭景純

咨五才之並用，寔水德之靈長。惟岷山之導江，初發源乎濫觴。聿經始於洛沫，攏萬川乎巴梁。衝巫峽以迅激，躋江津而起漲。極泓量而海運，狀滔天以淼茫。總括漢泗，兼包淮湘。并吞沅澧，汲引沮漳。源二分於崌崍，流九派乎潯陽。鼓洪濤於赤岸，淪餘波乎柴桑。綱絡群流，商搉涓澮。表神委於江都，混流宗而東會。注五湖以漫漭，灌三江而漰沛。滈汗六州之域，經營炎景之外。所以作限於華裔，壯天地之嶮介。

呼吸萬里，吐納靈潮。自然往復，或夕或朝。激逸勢以前驅，乃鼓怒而作濤。峨嵋爲泉陽之揭，玉壘作東別之標。衡霍磊落以連鎮，巫廬嵬崫而比嶠。協靈通氣，濆薄相陶。流風蒸雷，騰虹揚霄。出信陽而長邁，淙大壑與沃焦。

若乃巴東之峽，夏后疏鑿。絶岸萬丈，壁立赮駁。虎牙嵥豎以屹崒，荆門闕竦而磐礴。圓淵九回以懸騰，湓流雷呴而電激。駭浪暴灑，驚波飛薄。迅澓增澆，涌湍疊躍。砅巖鼓作，漰湱澩灂。淥澤瀌瀫，潰濩泧漷。潏湟淴泱，瀹潤瀾淪。漩澴滎瀯，渨溳濆瀑。溭減濜涓，龍鱗結絡。碧沙遺瀩而往來，巨石硉矹以前却。潛演之所汨淈，奔溜之所磢錯。厓隒爲之泐嵃，碕嶺爲之喦崿。幽澗積岨，礐硞碻礭。

若乃曾潭之府，靈湖之淵。澄澹汪洸，瀇滉囦泫。泓汯洞澋，涒鄰圖潾。混澣灦渙，流映揚焆。溟漭渺湎，汗汗沺沺。察之無象，尋之無邊。氣滃渤以霧杳，時鬱律其如煙。類胏渾之未凝，象太極之構天。長波浹渫，峻湍崔嵬。盤渦谷轉，淩濤山頹。陽侯砐硪以岸起，洪瀾涴演而雲迴。峾淪溛瀤，乍浥乍堆。豃如地裂，豁若天開。觸曲厓以縈繞，駭崩浪而相礧。鼓㕎窟以漰渤，乃溢涌而駕隈。

魚則江豚海狶，叔鮪王鱣。鮹鰊鰷鮋，鮻鰩鯩鰱。或鹿觡象鼻，或虎狀龍顏。鱗甲鑵錯，煥爛錦斑。揚鰭掉尾，噴浪飛唌。排流呼哈，隨波遊延。或爆采以晃淵，或哧鰓乎巖間。介鯨乘濤以出入，鯼鮆順時而往還。

爾其水物怪錯，則有潛鵠魚牛，虎蛟鉤蛇。蜦蟳鬻蝞，鱝鼋鼂䵻。王珧海月，土肉石華。三蝬蚾江，鸚螺蜁蝸。璅蛣腹蟹，水母目蝦。紫蚢如渠，洪蚶專車。瓊蚌晞曜以瑩珠，石蜐應節而揚葩。蜛蝫森衰以垂翹，玄蠣磈磥而碨硊。或泛瀲於潮波，或混淪乎泥沙。

若乃龍鯉一角，奇鶬九頭。有鱉三足，有龜六眸。赬蟞胏躍而吐璣，文魮磬鳴以孕璆。偹鱅拂翼而掣耀，神蜧蝹蜦以沉遊。騬騰波以噓蹀，水兕雷咆乎陽侯。淵客築室於巖底，鮫人構館于懸流。雹布餘糧，星離沙鏡。青綸競糾，縟組爭映。紫菜熒曄以叢被，緑苔鬖髿乎研上。石帆蒙籠以蓋嶼，萍實時出而漂泳。

其下則金礦丹礫，雲精爥銀。珕珋璿瑰，水碧潛琘。鳴石列於陽渚，浮磬肆乎陰濱。或頩彩輕漣，或焆曜崖鄰。林無不溽，岸無不津。

其羽族也，則有晨鵠天雞，鴮鶩鷗鴃。陽鳥爰翔，于以玄月。千類萬聲，自相喧聒。濯翮疏風，鼓翅翻翗。揮弄灑珠，拊拂瀑沫。集若霞布，散如雲豁。產毻積羽，往來勃碣。

橉杞稹薄於潯涘，栛槤森嶺而羅峯。桃枝篔簹，實繁有叢。葭蒲雲蔓，欀以蘭紅。揚皜毦，擢紫茸。蔭潭隩，被長江。繁蔚芳蘺，隱藹水松。涯灌芊萰，潛薈葱蘢。鮻鯥踦躅於垠隒，獱獺睒瞲乎厱空。迅蜼臨虛以騁巧，孤玃登危而雍容。夔𤜵翹踛於夕陽，鴛雛弄翮乎山東。

因岐成渚，觸澗開渠。漱壑生浦，區別作湖。磴之以瀿瀷，渫之以尾閭。標之以翠翳，泛之以遊菰。播匪藝之芒種，挺自然之嘉蔬。鱗被菱荷，攢布水蓏。翹莖瀵蕊，濯穎散裹。隨風猗萎，與波潭淹。流光潛映，景炎霞火。

其旁則有雲夢雷池，彭蠡青草，具區洮滆，朱滻丹漅。極望數百，沆瀁皛溔。爰有包山洞庭，巴陵地道。潛逵傍通，幽岫窈窕。金精玉英瑱其裏，瑶珠怪石琗其表。驪虯摎其址，梢雲冠其嶠。海童之所巡遊，琴高之所靈矯。冰夷倚浪以傲睨，江妃含嚬而矊眇。撫淩波而鳧躍，吸翠霞而夭矯。

若乃宇宙澄寂，八風不翔。舟子於是搦棹，涉人於是檥榜。漂飛雲，運艅艎。舳艫相屬，萬里連檣。泝洄沿流，或漁或商。赴交益，投幽浪。竭南極，窮東荒。爾乃鬐雺祲於清旭，覘五兩之動靜。長風颺以增扇，廣莫颺而氣整。徐而不飈，疾而不猛。鼓帆迅越，趠漲截洞。淩波縱柂，電往杳溟。𩙪如晨霞孤征，眇若雲翼絕嶺。倐忽數百，千里俄頃。飛廉無以睎其蹤，渠黃不能企其景。

於是蘆人漁子，擯落江山。衣則羽褐，食惟蔬䱍。栫澱爲涔，夾潨羅筌。筩灑連鋒，罾䍡比船。或揮輪於懸碕，或中瀨而橫旋。忽忘夕而宵歸，詠採菱以叩舷。傲自足於一嘔，尋風波以窮年。

爾乃域之以盤巖，豁之以洞壑，疏之以沲汜，鼓之以朝夕。川流之所歸湊，雲霧之所蒸液。珍怪之所化產，傀奇之所窟宅。納隱淪之列真，挺異人乎精魄。播靈潤於千里，越岱宗之觸石。及其譎變儵怳，符祥非一。動應無方，感事而出。經紀天地，錯綜人術。妙不可盡之於言，事不可窮之於筆。

若乃岷精垂曜於東井，陽侯遯形乎大波。奇相得道而宅神，乃協靈爽於湘娥。駭黃龍之負舟，識伯禹之仰嗟。壯荊飛之擒蛟，終成氣乎太阿。悍要離之圖慶，在中流而推戈。悲靈均之任石，歎漁父之棹歌。想周穆之濟師，驅八駿於黿鼉。感交甫之喪珮，湣神使之嬰羅。煥大塊之流形，混萬盡於一科。保不虧而永固，稟元氣於靈和。考川瀆而妙觀，實莫著於江河。

昭明文選卷十三

【物色】

風賦一首

宋玉

楚襄王游於蘭臺之宮，宋玉景差侍。有風颯然而至，王乃披襟而當之，曰：『快哉此風！寡人所與庶人共者邪？』宋玉對曰：『此獨大王之風耳，庶人安得而共之？』王曰：『夫風者，天地之氣，溥暢而至，不擇貴賤高下而加焉，今子獨以爲寡人之風，豈有說乎？』宋玉對曰：『臣聞於師，枳句來巢，空穴來風。其所託者然，則風氣殊焉。』

王曰：『夫風始安生哉？』宋玉對曰：『夫風生於地，起於青蘋之末。侵淫谿谷，盛怒於土囊之口。緣泰山之阿，舞於松柏之下。飄忽淜滂，激颺熛怒。耾耾雷聲，迴穴錯迕。蹶石伐木，梢殺林莽。至其將衰也，被麗披離，衝孔動楗，眴煥粲爛，離散轉移。故其清涼雄風，則飄舉升降。乘淩高城，入于深宮。邸華葉而振氣，徘徊於桂椒之間，翱翔於激水之上，將擊芙蓉之精。獵蕙草，離秦衡。槩新夷，被荑楊。迴穴衝陵，蕭條衆芳。然後倘佯中庭，北上玉堂。躋于羅帷，經於洞房。乃得爲大王之風也。故其風中人狀，直憯悽惏慄，清涼增欷。清清泠泠，愈病析酲。發明耳目，寧體便人。此所謂大王之雄風也。』

王曰：『善哉論事！夫庶人之風，豈可聞乎？』宋玉對曰：『夫庶人之風，塕然起於窮巷之間，堀堁揚塵。勃鬱煩冤，衝孔襲門。動沙堁，吹死灰。駭溷濁，揚腐餘。邪薄入甕牖，至於室廬。故其風中人狀，直憞溷鬱邑，毆温致濕。中心慘怛，生病造熱。中脣爲胗，得目爲蔑。啗齰嗽獲，死生不卒。此所謂庶人之雌風也。』

秋興賦一首并序

潘安仁

晉十有四年，余春秋三十有二，始見二毛。以太尉掾兼虎賁中郎將，寓直于散騎之省。高閣連雲，陽景罕曜，珥蟬冕而襲紈綺之士，此焉游處。僕野人也，偃息不過茅屋茂林之下，談話不過農夫田父之客，攝官承乏，猥厠朝列，夙興晏寢，匪遑底寧。譬猶池魚籠鳥，有江湖山藪之思，於是染翰操紙，慨然而賦。于時秋也，故以

秋興命篇。其辭曰：

四時忽其代序兮，萬物紛以迴薄。覽花蒔之時育兮，察盛衰之所託。感冬索而春敷兮，嗟夏茂而秋落。雖末士之榮悴兮，伊人情之美惡。善乎宋玉之言曰：『悲哉秋之爲氣也！颼瑟兮草木搖落而變衰。憀栗兮若在遠行，登山臨水送將歸。』夫送歸懷慕徒之戀兮，遠行有羈旅之憤。臨川感流以歎逝兮，登山懷遠而悼近。彼四慼之疚心兮，遭一途而難忍。嗟秋日之可哀兮，諒無愁而不盡。野有歸燕，隰有翔隼。游氛朝興，槁葉夕殞。

於是乃屏輕箑，釋纖絺。藉莞蒻，御袷衣。庭樹槭以灑落兮，勁風戾而吹帷。蟬嘒嘒而寒吟兮，鴈飄飄而南飛。天晃朗以彌高兮，日悠陽而浸微。何微陽之短晷，覺涼夜之方永。月朣朧以含光兮，露淒清以凝冷。熠燿粲於階闥兮，蟋蟀鳴乎軒屏。聽離鴻之晨吟兮，望流火之餘景。宵耿介而不寐兮，獨輾轉於華省。悟時歲之遒盡兮，慨俛首而自省。斑鬢髟以承弁兮，素髮颯以垂領。仰群俊之逸軌兮，攀雲漢以游騁。登春臺之熙熙兮，珥金貂之炯炯。苟趣舍之殊塗兮，庸詎識其躁靜。聞至人之休風兮，齊天地於一指。彼知安而忘危兮，故出生而入死。行投趾於容跡兮，殆不踐而獲底。闕側足以及泉兮，雖猴猨而不履。龜祀骨於宗祧兮，思反身於緑水。

且斂衽以歸來兮，忽投紱以高厲。耕東皋之沃壤兮，輸黍稷之餘稅。泉涌湍於石間兮，菊揚芳於崖澨。澡秋水之涓涓兮，玩游鯈之潎潎。逍遥乎山川之阿，放曠乎人間之世。優哉游哉，聊以卒歲。

雪賦一首

謝惠連

歲將暮，時既昬。寒風積，愁雲繁。梁王不悅，游於兔園。乃置旨酒，命賓友。召鄒生，延枚叟。相如末至，居客之右。俄而微霰零，密雪下。王乃歌北風於衛詩，詠南山於周雅。授簡於司馬大夫，曰：『抽子秘思，騁子妍辭，侔色揣稱，爲寡人賦之。』

相如於是避席而起，逡巡而揖。曰：臣聞雪宮建於東國，雪山峙於西域。岐昌發詠於來思，姬滿申歌於黃竹。曹風以麻衣比色，楚謡以幽蘭儷曲。盈尺則呈瑞於

豐年，袤丈則表沴於陰德。雪之時義遠矣哉！請言其始。

若乃玄律窮，嚴氣升。焦溪涸，湯谷凝。火井滅，温泉冰。沸潭無涌，炎風不興。北户墐扉，裸壤垂繒。於是河海生雲，朔漠飛沙。連氛累靄，揜日韜霞。霰淅瀝而先集，雪粉糅而遂多。

其爲狀也，散漫交錯，氛氳蕭索。藹藹浮浮，瀌瀌弈弈。聯翩飛灑，徘徊委積。始緣甍而冒棟，終開簾而入隙。初便娟於墀廡，末縈盈於帷席。既因方而爲珪，亦遇圓而成璧。眄隰則萬頃同縞，瞻山則千巖俱白。於是臺如重璧，逵似連璐。庭列瑶階，林挺瓊樹。皓鶴奪鮮，白鷴失素。紈袖慙冶，玉顔掩姱。

若乃積素未虧，白日朝鮮，爛兮若燭龍，銜燿照昆山。爾其流滴垂冰，緣霤承隅。粲兮若馮夷，剖蚌列明珠。至夫繽紛繁鶩之貌，皓旰曒絜之儀。迴散縈積之勢，飛聚凝曜之奇。固展轉而無窮，嗟難得而備知。

若乃申娱翫之無已，夜幽靜而多懷。風觸楹而轉響，月承幌而通暉。酌湘吴之醇酎，御狐貉之兼衣。對庭鵾之雙舞，瞻雲鴈之孤飛。踐霜雪之交積，憐枝葉之相違。馳遥思於千里，願接手而同歸。鄒陽聞之，懣然心服。有懷妍唱，敬接末曲。於是乃作而賦積雪之歌。

歌曰：攜佳人兮披重幄，援綺衾兮坐芳縟。燎薫爐兮炳明燭，酌桂酒兮揚清曲。又續而爲白雪之歌。歌曰：曲既揚兮酒既陳，朱顔酡兮思自親。願低帷以昵枕，念解珮而褫紳。怨年歲之易暮，傷後會之無因。君寧見階上之白雪，豈鮮耀於陽春。歌卒，王乃尋繹吟翫，撫覽扼腕。顧謂枚叔，起而爲亂。

亂曰：白羽雖白，質以輕兮。白玉雖白，空守貞兮。未若兹雪，因時興滅。玄陰凝不昧其潔，太陽曜不固其節。節豈我名，潔豈我貞。憑雲升降，從風飄零。值物賦象，任地班形。素因遇立，污隨染成。縱心皓然，何慮何營？

月賦一首

謝希逸

陳王初喪應劉，端憂多暇。緑苔生閣，芳塵凝榭。悄焉疚懷，不怡中夜。乃清蘭路，肅桂苑。騰吹寒山，弭蓋秋阪。臨濬壑而怨遥，登崇岫而傷遠。于時斜漢左界，北陸南躔。白露曖空，素月流天。沈吟齊章，殷勤陳篇。抽毫進牘，以命仲宣。

仲宣跪而稱曰：臣東鄙幽介，長自丘樊，昧道懵學，孤奉明恩。臣聞沈潛既義，高明既經。日以陽德，月以陰靈。擅扶光於東沼，嗣若英於西冥。引玄兔於帝臺，集素娥於后庭。朒朓警闕，朏魄示冲。順辰通燭，從星澤風。增華台室，揚采軒宮。委照而吳業昌，淪精而漢道融。

若夫氣霽地表，雲斂天末。洞庭始波，木葉微脫。菊散芳於山椒，鴈流哀於江瀨。升清質之悠悠，降澄輝之藹藹。列宿掩縟，長河韜映。柔祇雪凝，圓靈水鏡。連觀霜縞，周除冰淨。君王乃厭晨懽，樂宵宴。收妙舞，弛清縣。去燭房，即月殿。芳酒登，鳴琴薦。

若乃涼夜自淒，風篁成韻。親懿莫從，羈孤遞進。聆皋禽之夕聞，聽朔管之秋引。於是弦桐練響，音容選和。徘徊房露，惆悵陽阿。聲林虛籟，淪池滅波。情紆軫其何託，愬皓月而長歌。

歌曰：美人邁兮音塵闕，隔千里兮共明月。臨風歎兮將焉歇，川路長兮不可越。歌響未終，餘景就畢。滿堂變容，迴遑如失。又稱歌曰：月既沒兮露欲晞，歲方晏兮無與歸。佳期可以還，微霜霑人衣！

陳王曰：『善。』乃命執事，獻壽羞璧。敬佩玉音，復之無斁。

【鳥獸上】

鵩鳥賦一首 并序

賈誼

誼爲長沙王傅，三年，有鵩鳥飛入誼舍，止於坐隅，鵩似鴞，不祥鳥也。誼既以謫居長沙，長沙卑濕，誼自傷悼，以爲壽不得長，乃爲賦以自廣。其辭曰：

單閼之歲兮，四月孟夏。庚子日斜兮，鵩集予舍。止于坐隅兮，貌甚閑暇。異物來萃兮，私怪其故。發書占之兮，讖言其度。曰：野鳥入室兮，主人將去。請問于鵩兮，予去何之？吉乎告我，凶言其災。淹速之度兮，語予其期。鵩乃歎息，舉首奮翼，口不能言，請對以臆。

萬物變化兮，固無休息。斡流而遷兮，或推而還。形氣轉續兮，變化而嬗。沕穆無窮兮，胡可勝言。禍兮福所倚，福兮禍所伏。憂喜聚門兮，吉凶同域。彼吳強大兮，夫差以敗。越棲會稽兮，句踐霸世。斯游遂成兮，卒被五刑。傅說胥靡兮，乃

相武丁。夫禍之與福兮，何異糾纆。命不可說兮，孰知其極。水激則旱兮，矢激則遠。萬物迴薄兮，振盪相轉。雲蒸雨降兮，糾錯相紛。大鈞播物兮，坱圠無垠。天不可預慮兮，道不可預謀。遲速有命兮，焉識其時。

且夫天地爲爐兮，造化爲工。陰陽爲炭兮，萬物爲銅。合散消息兮，安有常則。千變萬化兮，未始有極。忽然爲人兮，何足控摶。化爲異物兮，又何足患。小智自私兮，賤彼貴我。達人大觀兮，物無不可。貪夫殉財兮，烈士殉名。夸者死權兮，品庶每生。怵迫之徒兮，或趨東西。大人不曲兮，意變齊同。愚士繫俗兮，窘若囚拘。至人遺物兮，獨與道俱。衆人惑惑兮，好惡積億。真人恬漠兮，獨與道息。釋智遺形兮，超然自喪。寥廓忽荒兮，與道翱翔。乘流則逝兮，得坻則止。縱軀委命兮，不私與己。

其生兮若浮，其死兮若休。澹乎若深泉之靜，泛乎若不繫之舟。不以生故自寶兮，養空而浮。德人無累，知命不憂。細故蒂芥，何足以疑。

鸚鵡賦一首并序

禰正平

時黃祖太子射賓客大會，有獻鸚鵡者，舉酒於衡前曰：『禰處士，今日無用娛賓，竊以此鳥自遠而至，明慧聰善，羽族之可貴，願先生爲之賦，使四坐咸共榮觀，不亦可乎？』衡因爲賦，筆不停綴，文不加點。其辭曰：

惟西域之靈鳥兮，挺自然之奇姿。體金精之妙質兮，合火德之明煇。性辯慧而能言兮，才聰明以識機。故其嬉游高峻，棲跱幽深。飛不妄集，翔必擇林。紺趾丹觜，綠衣翠衿。采采麗容，咬咬好音。雖同族於羽毛，固殊智而異心。配鸞皇而等美，焉比德於衆禽。

於是羡芳聲之遠暢，偉靈表之可嘉。命虞人於隴坻，詔伯益於流沙。跨崑崙而播弋，冠雲霓而張羅。雖綱維之備設，終一目之所加。且其容止閑暇，守植安停。逼之不懼，撫之不驚。寧順從以遠害，不違迕以喪生。故獻全者受賞，而傷肌者被刑。

爾乃歸窮委命，離群喪侶。閉以雕籠，翦其翅羽。流飄萬里，崎嶇重阻。逾岷越障，載罹寒暑。女辭家而適人，臣出身而事主。彼賢哲之逢患，猶棲遲以羈旅。矧

禽鳥之微物，能馴擾以安處。眷西路而長懷，望故鄉而延佇。忖陋體之腥臊，亦何勞於鼎俎。

嗟禄命之衰薄，奚遭時之險巇？豈言語以階亂，將不密以致危？痛母子之永隔，哀伉儷之生離。匪餘年之足惜，慜衆雛之無知。背蠻夷之下國，侍君子之光儀。懼名實之不副，恥才能之無奇。羨西都之沃壤，識苦樂之異宜。懷代越之悠思，故每言而稱斯。

若乃少昊司辰，蓐收整轡。嚴霜初降，涼風蕭瑟。長吟遠慕，哀鳴感類。音聲悽以激揚，容貌慘以憔悴。聞之者悲傷，見之者隕淚。放臣爲之屢歎，棄妻爲之歔欷。

感平生之游處，若塤篪之相須。何今日之兩絕，若胡越之異區？順籠檻以俯仰，闚戶牖以踟躕。想崑山之高嶽，思鄧林之扶疏。顧六翮之殘毀，雖奮迅其焉如？心懷歸而弗果，徒怨毒於一隅。苟竭心於所事，敢背惠而忘初？託輕鄙之微命，委陋賤之薄軀。期守死以報德，甘盡辭以效愚。恃隆恩於既往，庶彌久而不渝。

鷦鷯賦一首并序

張茂先

鷦鷯，小鳥也，生於蒿萊之間，長於藩籬之下，翔集尋常之內，而生生之理足矣。色淺體陋，不爲人用，形微處卑，物莫之害，繁滋族類，乘居匹游，翩翩然有以自樂也。彼鷲鶚鶤鴻，孔雀翡翠，或淩赤霄之際，或託絕垠之外，翰舉足以沖天，觜距足以自衛，然皆負矰嬰繳，羽毛入貢。何者？有用於人也。夫言有淺而可以託深，類有微而可以喻大，故賦之云爾。

何造化之多端兮，播群形於萬類。惟鷦鷯之微禽兮，亦攝生而受氣。育翩翾之陋體，無玄黃以自貴。毛弗施於器用，肉弗登於俎味。鷹鸇過猶俄翼，尚何懼於罿罻。翳薈蒙籠，是焉游集。飛不飄颺，翔不翕習。其居易容，其求易給。巢林不過一枝，每食不過數粒。棲無所滯，游無所盤。匪陋荆棘，匪榮茝蘭。動翼而逸，投足而安。委命順理，與物無患。

伊茲禽之無知，何處身之似智。不懷寶以買害，不飾表以招累。靜守約而不

矜，動因循以簡易。任自然以爲資，無誘慕於世僞。雕鶡介其觜距，鵠鷺軼於雲際。鵾鷄竄於幽險，孔翠生乎遐裔。彼晨鳧與歸鴈，又矯翼而增逝。咸美羽而豐肌，故無罪而皆斃。徒銜蘆以避繳，終爲戮於此世。蒼鷹鷙而受緤，鸚鵡惠而入籠。屈猛志以服養，塊幽縶於九重。變音聲以順旨，思摧翮而爲庸。戀鍾岱之林野，慕隴坻之高松。雖蒙幸於今日，未若疇昔之從容。

海鳥鶢鶋，避風而至。條枝巨雀，逾嶺自致。提挈萬里，飄颻逼畏。夫唯體大妨物，而形瓌足瑋也。陰陽陶蒸，萬品一區。巨細舛錯，種繁類殊。鷦螟巢於蚊睫，大鵬彌乎天隅。將以上方不足，而下比有餘。普天壤以遐觀，吾又安知大小之所如？

昭明文選卷十四

【鳥獸下】

赭白馬賦一首并序　顏延年

驥不稱力，馬以龍名，豈不以國尚威容，軍伏趫迅而已，實有騰光吐圖，疇德瑞聖之符焉。是以語崇其靈，世榮其至。我高祖之造宋也，五方率職，四隩入貢。秘寶盈於玉府，文駟列乎華厩。乃有乘輿赭白，特稟逸異之姿，妙簡帝心，用錫聖皁。服御順志，馳驟合度，齒歷雖衰，而藝美不忒。襲養兼年，恩隱周渥，歲老氣殫，斃于內棧。少盡其力，有惻上仁，乃詔陪侍，奉述中旨。末臣庸蔽，敢同獻賦。其辭曰：

惟宋二十有二載，盛烈光乎重葉。武義粤其肅陳，文教迄已優洽。泰階之平可升，興王之軌可接。訪國美於舊史，考方載於往牒。昔帝軒陟位，飛黃服皁。后唐膺籙，赤文候日。漢道亨而天驥呈才，魏德楙而澤馬效質。伊逸倫之妙足，自前代而間出。並榮光於瑞典，登郊歌乎司律。所以崇衛威神，扶護警蹕。精曜協從，靈物咸秩。暨明命之初基，罄九區而率順。有肆險以稟朔，或逾遠而納贐。聞王會之阜昌，知函夏之充牣。總六服以收賢，掩七戎而得駿。蓋乘風之淑類，實先景之洪胤。故能代驂象輿，歷配鉤陳。齒筭延長，聲價隆振。信聖祖之蕃錫，留皇情而驟進。

徒觀其附筋樹骨，垂梢植髮。雙瞳夾鏡，兩權協月。異體峯生，殊相逸發。超攄絶夫塵轍，驅騖迅於滅沒。簡偉塞門，獻狀絳闕。旦刷幽燕，晝秣荊越。教敬不易之典，訓人必書之舉。惟帝惟祖，爰游爰豫。飛輶軒以戒道，環彀騎而清路。勒五營使按部，聲八鸞以節步。具服金組，兼飾丹雘。寶鉸星纏，鏤章霞布。進迫遮迾，却屬輦輅。欻聳擢以鴻驚，時濩略而龍翥。弭雄姿以奉引，婉柔心而待御。

至於露滋月肅，霜戾秋登。王于興言，闡肄威稜。臨廣望，坐百層。料武藝，品驍騰。流藻周施，和鈴重設。睨影高鳴，將超中折。分馳迴場，角壯永埒。別輩越群，絇練夐絶。捷趫夫之敏手，促華鼓之繁節。經玄蹄而雹散，歷素支而冰裂。膺

門沫赭，汗溝走血。踠迹回唐，畜怒未洩。乾心降而微怡，都人仰而朋悅。妍變之態既畢，凌遽之氣方屬。跼鑣轡之牽制，隘通都之圈束。眷西極而驤首，望朔雲而蹀足。將使紫燕駢衡，綠虵衛轂。纖驪接趾，秀騏齊亍。覲王母於昆墟，要帝臺於宣嶽。跨中州之轍迹，窮神行之軌躅。

然而般于遊畋，作鏡前王。肆於人上，取悔義方。天子乃輟駕迴慮，息徒解裝。鑒武穆，憲文光。振民隱，脩國章。戒出豕之敗御，惕飛鳥之跱衡。故祗慎乎所常忽，敬備乎所未防。輿有重輪之安，馬無泛駕之佚。處以濯龍之奧，委以紅粟之秩。服養知仁，從老得卒。加弊帷，收仆質。天情周，皇恩畢。

亂曰：惟德動天，神物儀兮。於時駔駿，充階街兮。稟靈月駟，祖雲螭兮。雄志倜儻，精權奇兮。既剛且淑，服鞿羈兮。效足中黃，殉驅馳兮。願終惠養，蔭本枝兮。竟先朝露，長委離兮。

舞鶴賦一首

鮑明遠

散幽經以驗物，偉胎化之仙禽。鍾浮曠之藻質，抱清迥之明心。指蓬壺而翻翰，望昆閬而揚音。匝日域以迴騖，窮天步而高尋。踐神區其既遠，積靈祀而方多。精含丹而星曜，頂凝紫而煙華。引員吭之纖婉，頓脩趾之洪姱。疊霜毛而弄影，振玉羽而臨霞。朝戲於芝田，夕飲乎瑤池。厭江海而游澤，掩雲羅而見羈。去帝鄉之岑寂，歸人寰之喧卑。歲崢嶸而愁暮，心惆悵而哀離。

於是窮陰殺節，急景凋年。涼沙振野，箕風動天。嚴嚴苦霧，皎皎悲泉。冰塞長河，雪滿群山。既而氛昏夜歇，景物澄廓。星翻漢迴，曉月將落。感寒雞之早晨，憐霜鴈之違漠。臨驚風之蕭條，對流光之照灼。唳清響於丹墀，舞飛容於金閣。始連軒以鳳蹌，終宛轉而龍躍。躑躅徘徊，振迅騰摧。驚身蓬集，矯翅雪飛。離綱別赴，合緒相依。將興中止，若往而歸。颯沓矜顧，遷延遲暮。逸翮後塵，翱翥先路。指會規翔，臨岐矩步。態有遺妍，貌無停趣。奔機逗節，角睞分形。長揚緩騖，並翼連聲。輕跡凌亂，浮影交橫。衆變繁姿，參差洊密。煙交霧凝，若無毛質。風去雨還，不可談悉。既散魂而蕩目，迷不知其所之。忽星離而雲罷，整神容而自持。仰天居之崇絕，更惆悵以驚思。

當是時也，燕姬色沮，巴童心恥。巾拂兩停，丸劍雙止。雖邯鄲其敢倫，豈陽阿之能擬。入衛國而乘軒，出吳都而傾市。守馴養於千齡，結長悲於萬里。

【志上】

幽通賦一首

班孟堅

系高頊之玄胄兮，氏中葉之炳靈。飄颻風而蟬蛻兮，雄朔野以颺聲。皇十紀而鴻漸兮，有羽儀於上京。巨滔天而泯夏兮，考遘愍以行謠。終保己而貽則兮，里上仁之所廬。懿前烈之純淑兮，窮與達其必濟。咨孤蒙之眇眇兮，將圮絕而罔階。豈余身之足殉兮，違世業之可懷。靖潛處以永思兮，經日月而彌遠。匪黨人之敢拾兮，庶斯言之不玷。

魂煢煢與神交兮，精誠發於宵寐。夢登山而迥眺兮，覿幽人之仿佛。攬葛藟而授余兮，眷峻谷曰勿墜。吻昕寤而仰思兮，心矇矇猶未察。黃神邈而靡質兮，儀遺讖以臆對。曰乘高而遻神兮，道遐通而不迷。葛緜緜於樛木兮，詠南風以爲綏。蓋惴惴之臨深兮，乃二雅之所祇。既訊爾以吉象兮，又申之以炯戒。盍孟晉以迨群兮，辰倏忽其不再。

承靈訓其虛徐兮，佇盤桓而且俟。惟天地之無窮兮，鮮生民之晦在。紛屯邅與蹇連兮，何艱多而智寡。上聖迕而後拔兮，雖群黎之所禦。昔衛叔之御昆兮，昆爲寇而喪予。管彎弧欲斃讎兮，讎作后而成己。變化故而相詭兮，孰云預其終始！雍造怨而先賞兮，丁繇惠而被戮。栗取吊于逌吉兮，王膺慶於所慼。叛迴穴其若茲兮，北叟頗識其倚伏。單治裏而外凋兮，張脩襮而內逼。聿中龢爲庶幾兮，顏與冉又不得。溺招路以從己兮，謂孔氏猶未可。安慆慆而不萉兮，卒隕身乎世禍。遊聖門而靡救兮，雖覆醢其何補？固行行其必凶兮，免盜亂爲賴道。形氣發於根柢兮，柯葉彙而零茂。恐魍魎之責景兮，羌未得其云已。

黎淳耀于高辛兮，芈彊大於南汜。嬴取威於伯儀兮，姜本支乎三趾。既仁得其信然兮，仰天路而同軌。東鄰虐而殲仁兮，王合位乎三五。戎女烈而喪孝兮，伯徂歸於龍虎。發還師以成命兮，重醉行而自耦。震鱗漦于夏庭兮，匝三正而滅姬。巽羽化于宣宮兮，彌五辟而成災。道脩長而世短兮，敻冥默而不周。胥仍物而鬼諏

兮，乃窮宙而達幽。媯巢姜於孺筮兮，旦算祀于契龜。宣曹興敗於下夢兮，魯衆名謚於銘謠。妣聆呱而劾石兮，許相理而鞫條。道混成而自然兮，術同原而分流。神先心以定命兮，命隨行以消息。斡流遷其不濟兮，故遭罹而贏縮。三欒同於一體兮，雖移易而不忒。洞参差其紛錯兮，斯衆兆之所惑。周賈蕩而貢憤兮，齊死生與禍福。抗爽言以矯情兮，信畏犧而忌鵩。

所貴聖人至論兮，順天性而斷誼。物有欲而不居兮，亦有惡而不避。守孔約而不貳兮，乃輶德而無累。三仁殊於一致兮，夷惠舛而齊聲。木偃息以蕃魏兮，申重繭以存荊。紀焚躬以衛上兮，皓頤志而弗傾。侯草木之區別兮，苟能實其必榮。要沒世而不朽兮，乃先民之所程。觀天網之紘覆兮，實棐諶而相訓。謨先聖之大猷兮，亦鄰德而助信。虞韶美而儀鳳兮，孔忘味於千載。素文信而底麟兮，漢賓祚于異代。精通靈而感物兮，神動氣而入微。養流睇而猨號兮，李虎發而石開。非精誠其焉通兮，苟無實其孰信？操末技猶必然兮，矧耽躬於道真。登孔昊而上下兮，緯群龍之所經。朝貞觀而夕化兮，猶諠已而遺形。若胤彭而偕老兮，訴來哲而通情。

亂曰：天造草昧，立性命兮。復心弘道，惟聖賢兮。渾元運物，流不處兮。保身遺名，民之表兮。舍生取誼，以道用兮。憂傷夭物，忝莫痛兮。皓爾太素，曷渝色兮。尚越其幾，淪神域兮。

昭明文選卷十五

【志中】

思玄賦一首　張平子

仰先哲之玄訓兮，雖彌高而弗違。匪仁里其焉宅兮，匪義迹其焉追？潛服膺以永靚兮，緜日月而不衰。伊中情之信脩兮，慕古人之貞節。竦余身而順止兮，遵繩墨而不跌。志摶摶以應懸兮，誠心固其如結。旌性行以製珮兮，佩夜光與瓊枝。纗幽蘭之秋華兮，又綴之以江離。美襞積以酷烈兮，允塵邈而難虧。既姱麗而鮮雙兮，非是時之攸珍。奮余榮而莫見兮，播余香而莫聞。幽獨守此仄陋兮，敢怠遑而舍勤。幸二八之遻虞兮，嘉傅說之生殷。尚前良之遺風兮，恫後辰而無及。何孤行之煢煢兮，孑不群而介立。感鸞鷖之特棲兮，悲淑人之希合。

彼無合而何傷兮，患衆僞之冒真。旦獲讟于群弟兮，啓金縢而後信。覽蒸民之多僻兮，畏立辟以危身。增煩毒以迷惑兮，羌孰可爲言己？私湛憂而深懷兮，思繽

紛而不理。願竭力以守誼兮，雖貧窮而不改。執彫虎而試象兮，阽焦原而跟趾。庶斯奉以周旋兮，惡既死而後已。俗遷渝而事化兮，泯規矩之員方。寶蕭艾於重笥兮，謂蕙芷之不香。斥西施而弗御兮，縶騕褭以服箱。行頗僻而獲志兮，循法度而離殃。惟天地之無窮兮，何遭遇之無常！

不抑操而苟容兮，譬臨河而無航。欲巧笑以干媚兮，非余心之所嘗。襲温恭之黻衣兮，被禮義之繡裳。辮貞亮以爲鞶兮，雜伎藝以爲珩。昭綵藻與琱琭兮，璜聲遠而彌長。淹棲遲以恣欲兮，耀靈忽其西藏。恃己知而華予兮，鶗鴂鳴而不芳。冀一年之三秀兮，遒白露之爲霜。時亹亹而代序兮，疇可與乎比伉？咨姤嫮之難竝兮，想依韓以流亡。恐漸冉而無成兮，留則蔽而不彰。

心猶豫而狐疑兮，即岐阯而攄情。文君爲我端蓍兮，利飛遁以保名。歷衆山以周流兮，翼迅風以揚聲。二女感於崇岳兮，或冰折而不營。天蓋高而爲澤兮，誰云路之不平！勔自強而不息兮，蹈玉堦之嶢崢。懼筮氏之長短兮，鑽東龜以觀禎。遇九皐之介鳥兮，怨素意之不逞。遊塵外而瞥天兮，據冥翳而哀鳴。雕鶚競於貪婪

兮，我脩絜以益榮。子有故於玄鳥兮，歸母氏而後寧。

占既吉而無悔兮，簡元辰而俶裝。旦余沐於清源兮，晞余髮於朝陽。漱飛泉之瀝液兮，咀石菌之流英。翾鳥舉而魚躍兮，將往走乎八荒。過少皞之窮野兮，問三丘于句芒。何道真之淳粹兮，去穢累而飄輕。登蓬萊而容與兮，鼇雖抃而不傾。留瀛洲而采芝兮，聊且以乎長生。馮歸雲而遐逝兮，夕余宿乎扶桑。飲青岑之玉醴兮，飡沆瀣以爲粻；發昔夢於木禾兮，穀崑崙之高岡。朝吾行於湯谷兮，從伯禹乎稽山。嘉群神之執玉兮，疾防風之食言。

指長沙之邪徑兮，存重華乎南鄰。哀二妃之未從兮，翩繽處彼湘濱。流目眺夫衡阿兮，覩有黎之圯墳。痛火正之無懷兮，託山阪以孤魂。愁鬱鬱以慕遠兮，越卬州而遊遨。躋日中于昆吾兮，憩炎火之所陶。揚芒熛而絳天兮，水泫沄而涌濤。温風翕其增熱兮，惄鬱悒其難聊。顝羈旅而無友兮，余安能乎留茲？

顧金天而歎息兮，吾欲往乎西嬉。前祝融使舉麾兮，纚朱鳥以承旗。躔建木於廣都兮，摭若華而躊躇。超軒轅於西海兮，跨汪氏之龍魚。聞此國之千歲兮，曾焉足以娛余？

思九土之殊風兮，從蓐收而遂徂。欻神化而蟬蛻兮，朋精粹而爲徒。蹶白門而東馳兮，云台行乎中野。亂弱水之潺湲兮，逗華陰之湍渚。號馮夷俾清津兮，櫂龍舟以濟予。會帝軒之未歸兮，悵徜徉而延佇。恫河林之蓁蓁兮，偉關雎之戒女。

黃靈詹而訪命兮，樛天道其焉如。曰近信而遠疑兮，六籍闕而不書。神逵昧其難覆兮，疇克謀而從諸？牛哀病而成虎兮，雖逢昆其必噬。鱉令殪而尸亡兮，取蜀禪而引世。死生錯其不齊兮，雖司命其不晰。竇號行於代路兮，後膺祚而繁廡。王肆侈於漢庭兮，卒銜恤而絕緒。尉尨眉而郎潛兮，逮三葉而遘武。董弱冠而司袞兮，設王隧而弗處。夫吉凶之相仍兮，恒反仄而靡所。

穆届天以悅牛兮，豎亂叔而幽主。文斷袪而忌伯兮，閹謁賊而寧后。通人闇於好惡兮，豈昬惑而能剖？嬴擿讖而戒胡兮，備諸外而發內。或輦賄而違車兮，孕行產而爲對。愼竈顯以言天兮，占水火而妄訊。梁叟患夫黎丘兮，丁厥子而剚刃。親所睼而弗識兮，矧幽冥之可信？毋緜攣以倖己兮，思百憂以自疹。

彼天監之孔明兮，用棐忱而祐仁。湯蠲體以禱祈兮，蒙厖褫以拯民。景三慮以營國兮，熒惑次於他辰。魏顆亮以從治兮，鬼亢回以斃秦。咎繇邁而種德兮，樹德懋于英六。桑末寄夫根生兮，卉既凋而已育。有無言而不酬兮，又何往而不復？盍遠迹以飛聲兮，孰謂時之可蓄？

仰矯首以遙望兮，魂憪惘而無儔。逼區中之隘陋兮，將北度而宣遊。行積冰之磑磑兮，清泉沍而不流。寒風淒其永至兮，拂穹岫之騷騷。玄武縮于殼中兮，騰蛇蜿而自糾。魚矜鱗而并淩兮，鳥登木而失條。坐太陰之屏室兮，慨含唏而增愁。怨高陽之相寓兮，伷顓頊而宅幽。庸織路於四裔兮，斯與彼其何瘳？望寒門之絕垠兮，縱余緤乎不周。迅焱潚其媵我兮，鶩翩飄而不禁。越谽嘲之洞穴兮，漂通川之碄碄。經重㾮乎寂漠兮，慜墳羊之深潛。

追荒忽於地底兮，軼無形而上浮。出石密之闇野兮，不識蹊之所由。速燭龍令執炬兮，過鍾山而中休。瞰瑶谿之赤岸兮，吊祖江之見劉。聘王母於銀臺兮，羞玉芝以療飢。戴勝慭其既歡兮，又誚余之行遲。載太華之玉女兮，召洛浦之宓妃。咸妏麗以蠱媚兮，增嫮眼而蛾眉。舒訬婧之纖腰兮，揚雜錯之袿徽。離朱脣而微笑兮，顏的礫以遺光。獻環琨與琛縭兮，申厥好以玄黃。雖色豔而賂美兮，志皓蕩而不嘉。雙材悲於不納兮，並詠詩而清歌。歌曰：天地煙熅，百卉含葩。鳴鶴交頸，鴡鳩相和。處子懷春，精魂回移。如何淑明，忘我實多。

將荅賦而不暇兮，爰整駕而亟行。瞻崑崙之巍巍兮，臨縈河之洋洋。伏靈龜以負坻兮，亘螭龍之飛梁。登閬風之層城兮，構不死而爲牀。屑瑶蕊以爲糇兮，斟白水以爲漿。抨巫咸作占夢兮，乃貞吉之元符。滋令德於正中兮，含嘉秀以爲敷。既垂穎而顧本兮，亦要思乎故居。安和靜而隨時兮，姑純懿之所廬。

戒庶僚以夙會兮，僉供職而並訝。豐隆軯其震霆兮，列缺曄其照夜。雲師䨏以交集兮，涷雨沛其灑塗。轙琱輿而樹葩兮，擾應龍以服路。百神森其備從兮，屯騎羅而星布。

振余袂而就車兮，脩劍揭以低昂。冠咢咢其映蓋兮，珮綝纚以煇煌。僕夫儼其正策兮，八乘騰而超驤。氛旄溶以天旋兮，蜺旌飄以飛颺。撫軨軹而還睨兮，心勺

瀿其若湯。羡上都之赫戲兮，何迷故而不忘？左青瑀之揵芝兮，右素威以司鉦。前長離使拂羽兮，後委衡乎玄冥。屬箕伯以函風兮，懲淟涊而爲清。拽雲旗之離離兮，鳴玉鸞之譻譻。涉清霄而升遐兮，浮蠛蠓而上征。紛翼翼以徐戾兮，焱回回其揚靈。叫帝閽使闢扉兮，覿天皇于瓊宮。聆廣樂之九奏兮，展洩洩以彤彤；考治亂於律均兮，意建始而思終。惟般逸之無斁兮，懼樂往而哀來。素女撫弦而餘音兮，太容吟曰念哉。既防溢而靖志兮，迨我暇以翱翔。

出紫宮之肅肅兮，集太微之閬閬。命王良掌策駟兮，逾高閣之將將。建罔車之幕幕兮，獵青林之芒芒。彎威弧之拔剌兮，射嶓冢之封狼。觀壁壘於北落兮，伐河鼓之磅硠。乘天潢之汎汎兮，浮雲漢之湯湯。倚招搖攝提以低佪劉流兮，察二紀五緯之綢繆遹皇。偃蹇夭矯娩以連卷兮，雜沓叢顇颯以方驤。戫汨飄淚沛以罔象兮，爛漫麗靡藐以迭逷。凌驚雷之硫磕兮，弄狂電之淫裔。逾厖鴻於宕冥兮，貫倒景而高厲。廓蕩蕩其無涯兮，乃今窺乎天外。

據開陽而頫眡兮，臨舊鄉之暗藹。悲離居之勞心兮，情悁悁而思歸。魂眷眷而屢顧兮，馬倚輈而徘徊。雖遊娛以媮樂兮，豈愁慕之可懷。出閶闔兮降天途，乘焱忽兮馳虛無。雲菲菲兮繞余輪，風眇眇兮震余旟。繽連翩兮紛暗曖，儵眩眃兮反常閭。

收疇昔之逸豫兮，卷淫放之遐心。修初服之娑娑兮，長余佩之參參。文章奐以粲爛兮，美紛紜以從風。御六藝之珍駕兮，遊道德之平林。結典籍而爲罟兮，敺儒墨以爲禽。玩陰陽之變化兮，詠雅頌之徽音。嘉曾氏之歸耕兮，慕歷阪之嵚崟。恭夙夜而不貳兮，固終始之所服。夕惕若厲以省諐兮，懼余身之未勑。苟中情之端直兮，莫吾知而不恧。默無爲以凝志兮，與仁義乎逍遥。不出户而知天下兮，何必歷遠以劬勞？

系曰：天長地久歲不留，俟河之清秖懷憂。願得遠渡以自娛，上下無常窮六區。超踰騰躍絶世俗，飄遥神舉逞所欲。天不可階仙夫稀，栢舟悄悄吝不飛。松喬高跱孰能離，結精遠遊使心攜。迴志朅來從玄謀，獲我所求夫何思！

歸田賦一首

張平子

游都邑以永久，無明略以佐時。徒臨川以羨魚，俟河清乎未期。感蔡子之慷慨，從唐生以決疑。諒天道之微昧，追漁父以同嬉。超埃塵以遐逝，與世事乎長辭。

於是仲春令月，時和氣清。原隰鬱茂，百草滋榮。王雎鼓翼，鶬鶊哀鳴。交頸頡頏，關關嚶嚶。於焉逍遙，聊以娛情。爾乃龍吟方澤，虎嘯山丘。仰飛纖繳，俯釣長流。觸矢而斃，貪餌吞鉤。落雲間之逸禽，懸淵沈之魦鰡。

于時曜靈俄景，係以望舒。極般遊之至樂，雖日夕而忘劬。感老氏之遺誡，將迴駕乎蓬廬。彈五弦之妙指，詠周孔之圖書。揮翰墨以奮藻，陳三皇之軌模。苟縱心於物外，安知榮辱之所如？

昭明文選卷十六

【志下】

閑居賦一首并序

潘安仁

岳嘗讀《汲黯傳》，至司馬安四至九卿，而良史書之，題以巧宦之目，未嘗不慨然廢書而歎。曰：嗟乎！巧誠有之，拙亦宜然。顧常以爲士之生也，非至聖無軌微妙玄通者，則必立功立事，效當年之用。是以資忠履信以進德，脩辭立誠以居業。

僕少竊鄉曲之譽，忝司空太尉之命，所奉之主，即太宰魯武公其人也，舉秀才爲郎。逮事世祖武皇帝，爲河陽懷令，尚書郎，廷尉平。今天子諒闇之際，領太傅主簿。府主誅，除名爲民。俄而復官，除長安令。遷博士，未召拜，親疾，輒去官免。自弱冠涉乎知命之年，八徙官而一進階，再免，一除名，一不拜職，遷者三而已矣。雖通塞有遇，抑亦拙者之效也。

昔通人和長輿之論余也，固謂拙於用多。稱多則吾豈敢，言拙信而有徵。方今俊乂在官，百工惟時，拙者可以絕意乎寵榮之事矣。太夫人在堂，有羸老之疾，尚

何能違膝下色養，而屑屑從斗筲之役乎。

於是覽止足之分，庶浮雲之志，築室種樹，逍遥自得。池沼足以漁釣，舂稅足以代耕。灌園粥蔬，以供朝夕之膳；牧羊酤酪，以俟伏臘之費。孝乎惟孝，友于兄弟，此亦拙者之爲政也。乃作《閑居賦》，以歌事遂情焉。其辭曰：

傲墳素之場圃，步先哲之高衢。雖吾顏之云厚，猶内媿於甯蘧。有道吾不仕，無道吾不愚。何巧智之不足，而拙艱之有餘也。

於是退而閑居，于洛之涘。身齊逸民，名綴下士。陪京泝伊，面郊後市。浮梁黝以徑度，靈臺傑其高峙。闚天文之秘奥，究人事之終始。其西則有元戎禁營，玄幕緑徼。谿子巨黍，異絭同機。礟石雷駭，激矢虻飛。以先啓行，耀我皇威。其東則有明堂辟廱，清穆敞閑。環林縈映，圓海迴淵。聿追孝以嚴父，宗文考以配天。祇聖敬以明順，養更老以崇年。

若乃背冬涉春，陰謝陽施。天子有事于柴燎，以郊祖而展義。張鈞天之廣樂，

備千乘之萬騎。服振振以齊玄，管啾啾而並吹。煌煌乎，隱隱乎，茲禮容之壯觀，而王制之巨麗也。兩學齊列，雙宇如一。右延國胄，左納良逸。祁祁生徒，濟濟儒術。或升之堂，或入之室。教無常師，道在則是。故髦士投紱，名王懷璽。訓若風行，應如草靡。此里仁所以爲美，孟母所以三徙也。

爰定我居，築室穿池。長楊映沼，芳枳樹籬。游鱗瀺灂，菡萏敷披。竹木蓊藹，靈果參差。張公大谷之梨，梁侯烏椑之柿，周文弱枝之棗，房陵朱仲之李，靡不畢殖。三桃表櫻胡之別，二柰曜丹白之色。石榴蒲陶之珍，磊落蔓衍乎其側。梅杏郁棣之屬，繁榮麗藻之飾。華實照爛，言所不能極也。菜則蔥韭蒜芋，青筍紫薑。堇薺甘旨，蓼荾芬芳。蘘荷依陰，時藿向陽。綠葵含露，白薤負霜。

於是凜秋暑退，熙春寒往。微雨新晴，六合清朗。太夫人乃御版輿，升輕軒，遠覽王畿，近周家園。體以行和，藥以勞宣。常膳載加，舊痾有痊。席長筵，列孫子。柳垂陰，車結軌。陸擿紫房，水挂赬鯉。或宴于林，或禊于氾。昆弟斑白，兒童稚齒。稱萬壽以獻觴，咸一懼而一喜。壽觴舉，慈顏和。浮杯樂飲，絲竹駢羅。頓足起舞，抗音高歌。人生安樂，孰知其佗？

退求己而自省，信用薄而才劣。奉周任之格言，敢陳力而就列。幾陋身之不保，尚奚擬於明哲。仰衆妙而絕思，終優遊以養拙。

【哀傷】

長門賦一首 并序

司馬長卿

孝武皇帝陳皇后時得幸，頗妒。別在長門宮，愁悶悲思。聞蜀郡成都司馬相如天下工爲文，奉黃金百斤爲相如文君取酒，因于解悲愁之辭。而相如爲文以悟主上，陳皇后復得親幸。其辭曰：

夫何一佳人兮，步逍遙以自虞。魂踰佚而不反兮，形枯槁而獨居。言我朝往而暮來兮，飲食樂而忘人。心慊移而不省故兮，交得意而相親。

伊予志之慢愚兮，懷貞愨之懽心。願賜問而自進兮，得尚君之玉音。奉虛言而望誠兮，期城南之離宮。脩薄具而自設兮，君曾不肯乎幸臨。廓獨潛而專精兮，天漂漂而疾風。登蘭臺而遙望兮，神怳怳而外淫。浮雲鬱而四塞兮，天窈窈而晝陰。

雷殷殷而響起兮，聲象君之車音。飄風迴而起閨兮，舉帷幄之襜襜。桂樹交而相紛兮，芳酷烈之誾誾。孔雀集而相存兮，玄猨嘯而長吟。翡翠脅翼而來萃兮，鸞鳳翔而北南。

心憑噫而不舒兮，邪氣壯而攻中。下蘭臺而周覽兮，步從容於深宮。正殿塊以造天兮，鬱並起而穹崇。間徙倚於東廂兮，觀夫靡靡而無窮。擠玉户以撼金鋪兮，聲噌吰而似鍾音。

刻木蘭以爲榱兮，飾文杏以爲梁。羅丰茸之遊樹兮，離樓梧而相撐。施瑰木之欂櫨兮，委參差以槺梁。時仿佛以物類兮，象積石之將將。五色炫以相曜兮，爛耀耀而成光。緻錯石之瓴甓兮，象瑇瑁之文章。張羅綺之幔帷兮，垂楚組之連綱。

撫柱楣以從容兮，覽曲臺之央央。白鶴噭以哀號兮，孤雌跱於枯楊。日黃昏而望絕兮，悵獨託於空堂。懸明月以自照兮，徂清夜於洞房。援雅琴以變調兮，奏愁思之不可長。案流徵以卻轉兮，聲幼妙而復揚。貫歷覽其中操兮，意慷慨而自卬。左右悲而垂淚兮，涕流離而從横。舒息悒而增欷兮，蹝履起而彷徨。揄長袂以自翳

兮，數昔日之諐殃。無面目之可顯兮，遂頹思而就牀。摶芬若以爲枕兮，席荃蘭而牀香。

忽寢寐而夢想兮，魄若君之在旁。惕寤覺而無見兮，魂迋迋若有亡。衆雞鳴而愁予兮，起視月之精光。觀衆星之行列兮，畢昴出於東方。望中庭之藹藹兮，若季秋之降霜。夜曼曼其若歲兮，懷鬱鬱其不可再更。澹偃蹇而待曙兮，荒亭亭而復明。妾人竊自悲兮，究年歲而不敢忘。

思舊賦一首并序　向子期

余與嵇康、呂安居止接近，其人並有不羈之才。然嵇志遠而疏，呂心曠而放，其後各以事見法。嵇博綜技藝，於絲竹特妙。臨當就命，顧視日影，索琴而彈之。余逝將西邁，經其舊廬。于時日薄虞淵，寒冰淒然！鄰人有吹笛者，發聲寥亮。追思曩昔遊宴之好，感音而歎，故作賦云：

將命適於遠京兮，遂旋反而北徂。濟黃河以汎舟兮，經山陽之舊居。瞻曠野之蕭條兮，息余駕乎城隅。踐二子之遺跡兮，歷窮巷之空廬。歎黍離之愍周兮，悲麥

秀於殷墟。惟古昔以懷今兮，心徘徊以躊躇。棟宇存而弗毀兮，形神逝其焉如。昔李斯之受罪兮，歎黃犬而長吟。悼嵇生之永辭兮，顧日影而彈琴。託運遇於領會兮，寄餘命於寸陰。聽鳴笛之慷慨兮，妙聲絕而復尋。停駕言其將邁兮，遂援翰而寫心。

歎逝賦一首并序

陸士衡

昔每聞長老追計平生同時親故，或凋落已盡，或僅有存者。余年方四十，而懿親戚屬，亡多存寡；昵交密友，亦不半在。或所曾共遊一塗，同宴一室，十年之外，索然已盡。以是思哀，哀可知矣！乃作賦曰：

伊天地之運流，紛升降而相襲。日望空以駿驅，節循虛而警立。嗟人生之短期，孰長年之能執？時飄忽其不再，老晼晚其將及。懟瓊蘂之無徵，恨朝霞之難挹。望湯谷以企予，惜此景之屢戢。

悲夫！川閱水以成川，水滔滔而日度。世閱人而爲世，人冉冉而行暮。人何世而弗新，世何人之能故。野每春其必華，草無朝而遺露。經終古而常然，率品物其如素。譬日及之在條，恒雖盡而弗寤。雖不寤其可悲，心惆焉而自傷！亮造化之若茲，吾安取夫久長？痛靈根之夙隕，怨具爾之多喪。悼堂搆之隤瘁，慜城闕之丘荒。親彌懿其已逝，交何戚而不忘。咨余今之方殆，何視天之芒芒。傷懷悽其多念，戚貌瘁而尠歡。幽情發而成緒，滯思叩而興端。慘此世之無樂，詠在昔而爲言。

居充堂而衍宇，行連駕而比軒。彌年時其詎幾，夫何往而不殘。或冥邈而既盡，或寥廓而僅半。信松茂而柏悅，嗟芝焚而蕙歎。苟性命之弗殊，豈同波而異瀾。瞻前軌之既覆，知此路之良難。啓四體而深悼，懼茲形之將然。毒娛情而寡方，怨感目之多顏。

諒多顏之感目，神何適而獲怡。尋平生於響像，覽前物而懷之。步寒林以悽惻，翫春翹而有思。觸萬類以生悲，歎同節而異時。年彌往而念廣，塗薄暮而意迮。親落落而日稀，友靡靡而愈索。顧舊要於遺存，得十一於千百。樂隤心其如忘，哀緣情而來宅。託末契於後生，余將老而爲客。

然後弭節安懷，妙思天造。精浮神淪，忽在世表。寤大暮之同寐，何矜晚以怨

早。指彼日之方除，豈茲情之足攬？感秋華於衰木，瘁零露於豐草。在殷憂而弗違，夫何云乎識道。將頤天地之大德，遺聖人之洪寶。解心累於末跡，聊優遊以娛老。

懷舊賦一首并序

潘安仁

余十二而獲見于父友東武戴侯楊君，始見知名，遂申之以婚姻，而道元公嗣，亦隆世親之愛。不幸短命，父子凋殞。余既有私艱，且尋役于外，不歷嵩丘之山者，九年于茲矣。今而經焉，慨然懷舊而賦之曰：

啓開陽而朝邁，濟清洛以徑渡。晨風淒以激冷，夕雪暠以掩路。轍含冰以滅軌，水漸軔以凝沍。塗艱屯其難進，日晼晚而將暮。仰睎歸雲，俯鏡泉流。前瞻太室，傍眺嵩丘。東武託焉，建塋啓疇。巖巖雙表，列列行楸。望彼楸矣，感于予思。既興慕於戴侯，亦悼元而哀嗣。墳壘壘而接壟，柏森森以攢植。何逝沒之相尋，曾舊草之未異。

余總角而獲見，承戴侯之清塵。名余以國士，眷余以嘉姻。自祖考而隆好，逮二子而世親。歡攜手以偕老，庶報德之有鄰。今九載而一來，空館闃其無人。陳荄被于堂除，舊圃化而爲薪。步庭廡以徘徊，涕泫流而霑巾。宵展轉而不寐，驟長歎以達晨。獨鬱結其誰語，聊綴思於斯文。

寡婦賦一首并序

潘安仁

樂安任子咸有韜世之量，與余少而歡焉！雖兄弟之愛，無以加也。不幸弱冠而終，良友既沒，何痛如之！其妻又吾姨也，少喪父母，適人而所天又殞，孤女藐焉始孩，斯亦生民之至艱，而荼毒之極哀也。昔阮瑀既歿，魏文悼之，並命知舊作《寡婦》之賦。余遂擬之以叙其孤寡之心焉。其辭曰：

嗟予生之不造兮，哀天難之匪忱。少伶俜而偏孤兮，痛忉怛以摧心。覽寒泉之遺歎兮，詠蓼莪之餘音。情長感以永慕兮，思彌遠而逾深。

伊女子之有行兮，爰奉嬪於高族。承慶雲之光覆兮，荷君子之惠渥。顧葛藟之蔓延兮，託微莖於樛木。懼身輕而施重兮，若履冰而臨谷。遵義方之明訓兮，憲女史之典戒。奉蒸嘗以效順兮，供洒掃以彌載。

彼詩人之攸歎兮，徒願言而心痗。何遭命之奇薄兮，遘天禍之未悔。榮華曄其始茂兮，良人忽以捐背。靜闔門以窮居兮，塊煢獨而靡依。易錦茵以苫席兮，代羅幬以素帷。命阿保而就列兮，覽巾箑以舒悲。口嗚咽以失聲兮，淚橫迸而霑衣。愁煩冤其誰告兮，提孤孩於坐側。

時曖曖而向昏兮，日杳杳而西匿。雀群飛而赴楹兮，雞登棲而斂翼。歸空館而自怜兮，撫衾裯以歎息。思纏緜以瞀亂兮，心摧傷以愴惻。

曜靈曄而遄邁兮，四節運而推移。天凝露以降霜兮，木落葉而隕枝。仰神宇之寥寥兮，瞻靈衣之披披。退幽悲於堂隅兮，進獨拜於牀垂。耳傾想於疇昔兮，目仿佛乎平素。雖冥冥而罔覿兮，猶依依以憑附。痛存亡之殊制兮，將遷神而安厝。龍轜儼其星駕兮，飛旐翩以啓路。輪按軌以徐進兮，馬悲鳴而踊顧。潛靈邈其不反兮，殷憂結而靡訴。睎形影於几筵兮，馳精爽於丘墓。

自仲秋而在疚兮，踰履霜以踐冰。雪霏霏而驟落兮，風瀏瀏而夙興。霤泠泠以夜下兮，水溓溓以微凝。意忽怳以遷越兮，神一夕而九升。庶浸遠而哀降兮，情惻惻而彌甚。願假夢以通靈兮，目烱烱而不寢。夜漫漫以悠悠兮，寒淒淒以凜凜。氣憤薄而乘胸兮，涕交橫而流枕。亡魂逝而永遠兮，時歲忽其遒盡。容貌儡以頓悴兮，左右悽其相愍。感三良之殉秦兮，甘捐生而自引。鞠稚子於懷抱兮，羌低徊而不忍。獨指景而心誓兮，雖形存而志隕。

重曰：仰皇穹兮歎息，私自憐兮何極！省微身兮孤弱，顧稚子兮未識。如涉川兮無梁，若陵虛兮失翼。上瞻兮遺象，下臨兮泉壤。窈冥兮潛翳，心存兮目想。奉虛坐兮肅清，愬空宇兮曠朗。廓孤立兮顧影，塊獨言兮聽響。顧影兮傷摧，聽響兮增哀。遙逝兮逾遠，緬邈兮長乖。

四節流兮忽代序，歲云暮兮日西頹。霜被庭兮風入室，夜既分兮星漢迴。夢良人兮來遊，若閶闔兮洞開。怛驚悟兮無聞，超慠怳兮慟懷。慟懷兮奈何，言陟兮山阿。墓門兮肅肅，脩壟兮峨峨。孤鳥嚶兮悲鳴，長松萋兮振柯。哀鬱結兮交集，淚橫流兮滂沲；蹈恭姜兮明誓，詠栢舟兮清歌。終歸骨兮山足，存憑託兮餘華。要吾君兮同穴，之死矢兮靡佗。

恨賦一首

江文通

試望平原，蔓草縈骨，拱木斂魂。人生到此，天道寧論！

於是僕本恨人，心驚不已。直念古者，伏恨而死。至如秦帝按劍，諸侯西馳。削平天下，同文共規。華山爲城，紫淵爲池。雄圖既溢，武力未畢。方架黿鼉以爲梁，巡海右以送日。一旦魂斷，宮車晚出。若乃趙王既虜，遷於房陵。薄暮心動，昧旦神興。別豔姬與美女，喪金輿及玉乘。置酒欲飲，悲來填膺。千秋萬歲，爲怨難勝。

至如李君降北，名辱身冤，拔劍擊柱，弔影慚魂。情往上郡，心留鴈門。裂帛繫書，誓還漢恩。朝露溘至，握手何言？若夫明妃去時，仰天太息。紫臺稍遠，關山無極。搖風忽起，白日西匿。隴鴈少飛，代雲寡色。望君王兮何期，終蕪絕兮異域。

至乃敬通見抵，罷歸田里。閉關却掃，塞門不仕。左對孺人，顧弄稚子。脫略公卿，跌宕文史。齎志沒地，長懷無已。及夫中散下獄，神氣激揚。濁醪夕引，素琴晨張。秋日蕭索，浮雲無光。鬱青霞之奇意，入脩夜之不暘。

或有孤臣危涕，孽子墜心。遷客海上，流戍隴陰。此人但聞悲風汩起，血下霑衿。亦復含酸茹歎，銷落湮沈。若乃騎疊跡，車屯軌，黃塵匝地，歌吹四起。無不煙斷火絕，閉骨泉裏。

已矣哉！春草暮兮秋風驚，秋風罷兮春草生。綺羅畢兮池館盡，琴瑟滅兮丘壟平。自古皆有死，莫不飲恨而吞聲。

別賦一首

江文通

黯然銷魂者，唯別而已矣！況秦吳兮絕國，復燕宋兮千里。或春苔兮始生，乍秋風兮蹔起。是以行子腸斷，百感悽惻。風蕭蕭而異響，雲漫漫而奇色。舟凝滯於水濱，車逶遲於山側。棹容與而詎前，馬寒鳴而不息。掩金觴而誰御，橫玉柱而霑軾。居人愁臥，怳若有亡。日下壁而沈彩，月上軒而飛光。見紅蘭之受露，望青楸之離霜。巡曾楹而空揜，撫錦幕而虛涼。知離夢之躑躅，意別魂之飛揚。

故別雖一緒，事乃萬族。至若龍馬銀鞍，朱軒繡軸。帳飲東都，送客金谷。琴羽張兮簫鼓陳，燕趙歌兮傷美人。珠與玉兮豔暮秋，羅與綺兮嬌上春。驚駟馬之仰秣，聳淵魚之赤鱗。造分手而銜涕，感寂漠而傷神。

乃有劍客慙恩，少年報士。韓國趙厠，吴宮燕市。割慈忍愛，離邦去里。瀝泣共訣，抆血相視。驅征馬而不顧，見行塵之時起。方銜感於一劍，非買價於泉裏。金石震而色變，骨肉悲而心死。

或乃邊郡未和，負羽從軍。遼水無極，鴈山參雲。閨中風暖，陌上草薰。日出天而耀景，露下地而騰文。鏡朱塵之照爛，襲青氣之煙熅。攀桃李兮不忍別，送愛子兮霑羅裙。

至如一赴絶國，詎相見期？視喬木兮故里，决北梁兮永辭。左右兮魂動，親賓兮淚滋。可班荊兮贈恨，唯罇酒兮叙悲。值秋鴈兮飛日，當白露兮下時。怨復怨兮遠山曲，去復去兮長河湄。

又若君居淄右，妾家河陽，同瓊珮之晨照，共金爐之夕香。君結綬兮千里，惜瑶草之徒芳。慙幽閨之琴瑟，晦高臺之流黄。春宫閟此青苔色，秋帳含兹明月光。夏簟清兮晝不暮，冬棋凝兮夜何長！織錦曲兮泣已盡，迴文詩兮影獨傷。

儻有華陰上士，服食還山。術既妙而猶學，道已寂而未傳。守丹竈而不顧，鍊金鼎而方堅。駕鶴上漢，驂鸞騰天。蹔遊萬里，少別千年。惟世間兮重別，謝主人兮依然。

下有芍藥之詩，佳人之歌。桑中衛女，上宫陳娥。春草碧色，春水渌波。送君南浦，傷如之何！至乃秋露如珠，秋月如珪。明月白露，光陰往來。與子之別，思心徘徊。

是以別方不定，別理千名。有別必怨，有怨必盈。使人意奪神駭，心折骨驚。雖淵雲之墨妙，嚴樂之筆精。金閨之諸彦，蘭臺之群英。賦有凌雲之稱，辯有雕龍之聲。誰能摹蹔離之狀，寫永訣之情者乎？

昭明文選卷十七

【論文】

文賦一首并序

陸士衡

余每觀才士之所作，竊有以得其用心。夫放言遣辭，良多變矣，妍蚩好惡，可得而言。每自屬文，尤見其情，恒患意不稱物，文不逮意，蓋非知之難，能之難也。故作《文賦》，以述先士之盛藻，因論作文之利害所由，佗日殆可謂曲盡其妙。至於操斧伐柯，雖取則不遠，若夫隨手之變，良難以辭逮，蓋所能言者，具於此云。

佇中區以玄覽，頤情志於典墳。遵四時以歎逝，瞻萬物而思紛。悲落葉於勁秋，喜柔條於芳春。心懍懍以懷霜，志眇眇而臨雲。詠世德之駿烈，誦先人之清芬。遊文章之林府，嘉麗藻之彬彬。慨投篇而援筆，聊宣之乎斯文。

其始也，皆收視反聽，耽思傍訊，精鶩八極，心遊萬仞。其致也，情曈曨而彌鮮，物昭晰而互進。傾群言之瀝液，漱六藝之芳潤。浮天淵以安流，濯下泉而潛浸。於是沈辭怫悅，若遊魚銜鉤，而出重淵之深；浮藻聯翩，若翰鳥纓繳，而墜曾雲之峻。收百世之闕文，采千載之遺韻。謝朝華於已披，啓夕秀於未振。觀古今於須臾，撫四海於一瞬。

然後選義按部，考辭就班。抱暑者咸叩，懷響者畢彈。或因枝以振葉，或沿波而討源。或本隱以之顯，或求易而得難。或虎變而獸擾，或龍見而鳥瀾。或妥帖而易施，或岨峿而不安。罄澄心以凝思，眇衆慮而爲言。籠天地於形內，挫萬物於筆端。始躑躅於燥吻，終流離於濡翰。理扶質以立幹，文垂條而結繁。信情貌之不差，故每變而在顏。思涉樂其必笑，方言哀而已歎。或操觚以率爾，或含毫而邈然。

伊茲事之可樂，固聖賢之所欽。課虛無以責有，叩寂寞而求音。函緜邈於尺素，吐滂沛乎寸心。言恢之而彌廣，思按之而逾深。播芳蕤之馥馥，發青條之森森。粲風飛而猋豎，鬱雲起乎翰林。

體有萬殊，物無一量。紛紜揮霍，形難爲狀。辭程才以效伎，意司契而爲匠。在有無而僶勉，當淺深而不讓。雖離方而遯員，期窮形而盡相。故夫夸目者尚奢，愜

心者貴當。言窮者無隘，論達者唯曠。

詩緣情而綺靡，賦體物而瀏亮。碑披文以相質，誄纏緜而悽愴。銘博約而溫潤，箴頓挫而清壯。頌優遊以彬蔚，論精微而朗暢。奏平徹以閑雅，說煒曄而譎誑。雖區分之在茲，亦禁邪而制放。要辭達而理舉，故無取乎冗長。

其爲物也多姿，其爲體也屢遷。其會意也尚巧，其遣言也貴妍。曁音聲之迭代，若五色之相宣。雖逝止之無常，固崎錡而難便。苟達變而識次，猶開流以納泉。如失機而後會，恒操末以續顛。謬玄黃之秩叙，故淟涊而不鮮。

或仰逼於先條，或俯侵於後章。或辭害而理比，或言順而義妨。離之則雙美，合之則兩傷。考殿最於錙銖，定去留於毫芒。苟銓衡之所裁，固應繩其必當。或文繁理富，而意不指適。極無兩致，盡不可益。立片言而居要，乃一篇之警策。雖衆辭之有條，必待茲而效績。亮功多而累寡，故取足而不易。

或藻思綺合，清麗千眠。炳若縟繡，悽若繁絃。必所擬之不殊，乃闇合乎曩篇。雖杼軸於予懷，怵佗人之我先。苟傷廉而愆義，亦雖愛而必捐。

或苕發穎豎，離衆絕致。形不可逐，響難爲係。塊孤立而特峙，非常音之所緯。心牢落而無偶，意徘徊而不能揥。石韞玉而山輝，水懷珠而川媚。彼榛楛之勿翦，亦蒙榮於集翠。綴下里於白雪，吾亦濟夫所偉。

或託言於短韻，對窮跡而孤興。俯寂寞而無友，仰寥廓而莫承。譬偏弦之獨張，含清唱而靡應。或寄辭於瘁音，徒靡言而弗華。混妍蚩而成體，累良質而爲瑕。象下管之偏疾，故雖應而不和。或遺理以存異，徒尋虛以逐微。言寡情而鮮愛，辭浮漂而不歸。猶弦么而徽急，故雖和而不悲。或奔放以諧合，務嘈囋而妖冶。徒悅目而偶俗，固高聲而曲下。寤防露與桑間，又雖悲而不雅。或清虛以婉約，每除煩而去濫。闕大羹之遺味，同朱弦之清氾。雖一唱而三歎，固既雅而不豔。

若夫豐約之裁，俯仰之形，因宜適變，曲有微情。或言拙而喻巧，或理朴而辭輕。或襲故而彌新，或沿濁而更清。或覽之而必察，或研之而後精。譬猶舞者赴節以投袂，歌者應弦而遣聲。是蓋輪扁所不得言，故亦非華說之所能精。

普辭條與文律，良余膺之所服。練世情之常尤，識前脩之所淑。雖濬發於巧

心，或受欳於拙目。彼瓊敷與玉藻，若中原之有菽。同橐籥之罔窮，與天地乎並育。雖紛藹於此世，嗟不盈於予掬。患挈缾之屢空，病昌言之難屬。故踸踔於短垣，放庸音以足曲。恒遺恨以終篇，豈懷盈而自足。懼蒙塵於叩缶，顧取笑乎鳴玉。

若夫應感之會，通塞之紀。來不可遏，去不可止。藏若景滅，行猶響起。方天機之駿利，夫何紛而不理。思風發於胸臆，言泉流於唇齒。紛威蕤以馺遝，唯毫素之所擬。文徽徽以溢目，音泠泠而盈耳。及其六情底滯，志往神留。兀若枯木，豁若涸流。攬營魂以探賾，頓精爽於自求。理翳翳而愈伏，思乙乙其若抽。是以或竭情而多悔，或率意而寡尤。雖茲物之在我，非余力之所勠。故時撫空懷而自惋，吾未識夫開塞之所由。

伊茲文之爲用，固衆理之所因。恢萬里而無閡，通億載而爲津。俯貽則於來葉，仰觀象乎古人。濟文武於將墜，宣風聲於不泯。塗無遠而不彌，理無微而弗綸。配霑潤於雲雨，象變化乎鬼神。被金石而德廣，流管弦而日新。

【音樂上】

洞簫賦一首

王子淵

原夫簫幹之所生兮，于江南之丘墟。洞條暢而罕節兮，標敷紛以扶疏。徒觀其旁山側兮，則嶇嶔巋崎，倚巇迤巏，誠可悲乎其不安也！彌望儻莽，聯延曠蕩，又足樂乎其敞閑也。託身軀於后土兮，經萬載而不遷。吸至精之滋熙兮，稟蒼色之潤堅。感陰陽之變化兮，附性命乎皇天。翔風蕭蕭而逕其末兮，迴江流川而溉其山。揚素波而揮連珠兮，聲礚礚而澍淵。朝露清泠而隕其側兮，玉液浸潤而承其根。孤雌寡鶴，娛優乎其下兮，春禽群嬉，翱翔乎其顛。秋蜩不食，抱樸而長吟兮，玄猨悲嘯，搜索乎其間。處幽隱而奧庰兮，密漠泊以獑猭。惟詳察其素體兮，宜清靜而弗諠。幸得謚爲洞簫兮，蒙聖主之渥恩。可謂惠而不費兮，因天性之自然。

於是般匠施巧，夔妃准法。帶以象牙，掍其會合。鎪鏤離灑，絳脣錯雜。鄰菌繚糾，羅鱗捷獵。膠緻理比，挹抐擫擶。於是乃使夫性昧之宕冥，生不覩天地之體勢，闇於白黑之貌形。憤伊鬱而酷[illegible]，愍眸子之喪精。寡所舒其思慮兮，專發憤乎

音聲。故吻吮值夫宮商兮，龢紛離其匹溢。形旖旎以順吹兮，瞋㖁䀨以紆鬱。氣旁迕以飛射兮，馳散渙以邈律。趣從容其勿述兮，騖合遝以詭譎。或渾沌而潺湲兮，獵若枚折。或漫衍而駱驛兮，沛焉競溢。惏栗密率，掩以絕滅。嚍霵曄踕，跳然復出。

若乃徐聽其曲度兮，廉察其賦歌。啾咇㘉而將吟兮，行鍖銋以龢囉。風鴻洞而不絕兮，優嬈嬈以婆娑。翩緜連以牢落兮，漂乍棄而爲他。要復遮其蹊徑兮，與謳謠乎相龢。故聽其巨音，則周流氾濫，并包吐含，若慈父之畜子也。其妙聲，則清靜厭瘱，順敘卑迖，若孝子之事父也。科條譬類，誠應義理，澎濞慷慨，一何壯士！優柔溫潤，又似君子。故其武聲，則若雷霆輘輷，佚豫以沸㥜。其仁聲，則若颽風紛披，容與而施惠。或雜遝以聚斂兮，或拔摋以奮棄。悲愴怳以惻惐兮，時恬淡以綏肆。被淋灑其靡靡兮，時橫潰以陽遂。哀悁悁之可懷兮，良醰醰而有味。

故貪饕者聽之而廉隅兮，狼戾者聞之而不懟。剛毅彊虣反仁恩兮，嘽唌逸豫戒其失。鍾期牙曠悵然而愕兮，杞梁之妻不能爲其氣。師襄嚴春不敢竄其巧兮，浸淫叔子遠其類。嚚頑朱均惕復惠兮，桀跖鬻博儡以頓悴。吹參差而入道德兮，故永御而可貴。

時奏狡弄，則彷徨翱翔，或留而不行，或行而不留。憺怢瀾漫，亡耦失疇。薄索合沓，罔象相求。故知音者樂而悲之，不知音者怪而偉之，故聞其悲聲，則莫不愴然累欷，撇涕抆淚。其奏歡娛，則莫不憚漫衍凱，阿那腲腇者已。是以蟋蟀蚸蠖，蚑行喘息。螻蟻蝘蜒，蠅蠅翊翊。遷延徙迤，魚瞰雞睨。垂喙蜿轉，瞪瞢忘食。況感陰陽之龢，而化風俗之倫哉！

亂曰：狀若捷武，超騰踰曳，迅漂巧兮。又似流波，泡溲汎捷，趨巇道兮。哮呷呟喚，躋躓連絕，淈殄沌兮。攪搜㶎捎，逍遙踊躍，若壞頹兮。優游流離，躊躇稽詣，亦足耽兮。頹唐遂往，長辭遠逝，漂不還兮。賴蒙聖化，從容中道，樂不淫兮。條暢洞達，中節操兮。終詩卒曲，尚餘音兮。吟氣遺響，聯緜漂撇，生微風兮。連延駱驛，變無窮兮。

舞賦一首

傅武仲

楚襄王既遊雲夢，使宋玉賦高唐之事。將置酒宴飲，謂宋玉曰：『寡人欲觴群臣，何以娛之？』玉曰：『臣聞歌以詠言，舞以盡意。是以論其詩，不如聽其聲；聽其聲，不如察其形。激楚結風，陽阿之舞，材人之窮觀，天下之至妙。噫，可以進乎？』王曰：『如其鄭何？』玉曰：『小大殊用，鄭雅異宜，弛張之度，聖哲所施。是以樂記干戚之容，雅美蹲蹲之舞，禮設三爵之制，頌有醉歸之歌。夫咸池六英，所以陳清廟、協神人也。鄭衛之樂，所以娛密坐、接歡欣也。餘日怡蕩，非以風民也，其何害哉！』王曰：『試爲寡人賦之。』玉曰：『唯唯。』

夫何皎皎之閑夜兮，明月爛以施光。朱火曄其延起兮，燿華屋而熺洞房。黼帳袪而結組兮，鋪首炳以焜煌。陳茵席而設坐兮，溢金罍而列玉觴。騰觚爵之斟酌兮，漫既醉其樂康。嚴顏和而怡懌兮，幽情形而外揚。文人不能懷其藻兮，武毅不能隱其剛。簡惰跳踃，般紛挐兮。淵塞沈蕩，改恒常兮。於是鄭女出進，二八徐侍。姣服極麗，姁媮致態。貌嫽妙以妖蠱兮，紅顏曄其揚華。眉連娟以增繞兮，目流睇而橫波。珠翠的皪而炤燿兮，華袿飛髾而雜纖羅。顧形影，自整裝。順微風，揮若芳。動朱唇，紆清陽。亢音高歌爲樂方。

歌曰：攄予意以弘觀兮，繹精靈之所束。弛緊急之弦張兮，慢末事之骫曲。舒恢炱之廣度兮，闊細體之苛縟。嘉關雎之不淫兮，哀蟋蟀之局促。啓泰真之否隔兮，超遺物而度俗。揚激徵，騁清角。贊舞操，奏均曲。形態和，神意協。從容得，志不劫。

於是躡節鼓陳，舒意自廣。遊心無垠，遠思長想。其始興也，若俯若仰，若來若往。雍容惆悵，不可爲象。其少進也，若翺若行，若竦若傾。兀動赴度，指顧應聲。羅衣從風，長袖交橫。駱驛飛散，颯擖合并。鶣鷅燕居，拉揩鵠驚。綽約閑靡，機迅體輕。姿絕倫之妙態，懷愨素之絜清。脩儀操以顯志兮，獨馳思乎杳冥。在山峨峨，在水湯湯。與志遷化，容不虛生。明詩表指，喟息激昂。氣若浮雲，志若秋霜。觀者增歎，諸工莫當。

於是合場遞進，按次而俟。埒材角妙，夸容乃理。軼態橫出，瑰姿譎起。眄般

鼓則騰清眸，吐哇咬則發皓齒。摘齊行列，經營切儗。彷彿神動，迴翔竦峙。擊不致筴，蹈不頓趾。翼爾悠往，闇復輟已。及至迴身還入，迫於急節。浮騰累跪，跗蹋摩跌。紆形赴遠，漼似摧折。纖縠蛾飛，紛猋若絶。超趫鳥集，縱弛殟歿。蟉蛇姌嫋，雲轉飄曶。體如遊龍，袖如素蜺。黎收而拜，曲度究畢。遷延微笑，退復次列。觀者稱麗，莫不怡悅。

於是歡洽宴夜，命遣諸客。擾躟就駕，僕夫正策。車騎並狎，巃嵸逼迫。良駿逸足，蹌捍凌越。龍驤橫舉，揚鑣飛沫。馬材不同，各相傾奪。或有逾埃赴轍，霆駭電滅。跖地遠群，闇跳獨絶。或有宛足鬱怒，般桓不發。後往先至，遂爲逐末。或有矜容愛儀，洋洋習習。遲速承意，控御緩急。車音若雷，騖驟相及。駱漠而歸，雲散城邑。天王燕胥，樂而不泆。娛神遺老，永年之術。優哉游哉，聊以永日。

昭明文選卷十八

【音樂下】

長笛賦一首并序

馬季長

融既博覽典雅，精核數術，又性好音，能鼓琴吹笛，而爲督郵，無留事，獨卧郿平陽鄔中。有雒客舍逆旅，吹笛爲氣出精列相和。融去京師，逾年，蹔聞，甚悲而樂之。追慕王子淵、枚乘、劉伯康、傅武仲等簫琴笙頌，唯笛獨無，故聊復備數，作《長笛賦》。其辭曰：

惟籦籠之奇生兮，于終南之陰崖。託九成之孤岑兮，臨萬仞之石磎。特箭槀而莖立兮，獨聆風於極危。秋潦漱其下趾兮，冬雪揣封乎其枝。巔根跱之槷刖兮，感迴飇而將頹。夫其面旁則重巘增石，簡積頵砡。兀嶁狋觺，傾昃倚伏。庨窌巧老，港洞坑谷。嶰壑澮峴，窞窖巖寝。運裛穽洝，岡連嶺屬。林簫蔓荆，森槮柞樸。

於是山水猥至，渟涔障潰。顩淡滂流，碓投瀺穴。争湍苹縈，汩活澎濞。波瀾鱗淪，窊隆詭戾。瀉瀑噴沫，犇遯碭突。摇演其山，動杌其根者，歲五六而至焉。是以間介無蹊，人跡罕到。猨蜼晝吟，鼯鼠夜叫。寒熊振頷，特麚昏髟。山雞晨群，壄雉晁雊。求偶鳴子，悲號長嘯。由衍識道，噍噍讙譟。經涉其左右，哤聒其前後者，無晝夜而息焉。夫固危殆險巇之所迫也，衆哀集悲之所積也。故其應清風也，纖末奮蕱，錚鐄警嗃。若絙瑟促柱，號鍾高調。

於是放臣逐子，棄妻離友。彭胥伯奇，哀姜孝己。攢乎下風，收精注耳。靁歎頹息，掐膺擗摽。泣血泫流，交横而下。通旦忘寐，不能自禦。

於是乃使魯般宋翟，構雲梯，抗浮柱。蹉纖根，跋篾縷。膺礧陁，腹陘阻。逮乎其上，匍匐伐取。挑截本末，規摹彠矩。夔襄比律，子壄協吕。十二畢具，黄鍾爲主。撟揉斤械，剸掞度擬。鏓硐隤墜，程表朱裏。定名曰笛，以觀賢士。陳於東階，八音俱起。食舉雍徹，勸侑君子。然後退理乎黄門之高廊。重丘宋灌，名師郭張。工人巧士，肄業脩聲。

於是遊閒公子，暇豫王孫，心樂五聲之和，耳比八音之調，乃相與集乎其庭。

詳觀夫曲胤之繁會叢雜，何其富也。紛葩爛漫，誠可喜也。波散廣衍，實可異也。掌距劫遌，又足怪也。啾咋嘈啐，似華羽兮，絞灼激以轉切。震鬱怫以憑怒兮，耾硠駭以奮肆。氣噴勃以布覆兮，乍跱跖以狼戾。靁叩鍛之岌峇兮，正瀏溧以風洌。薄湊會而淩節兮，馳趣期而赴躓。

爾乃聽聲類形，狀似流水，又象飛鴻。泛濫溥漠，浩浩洋洋。長矕遠引，旋復迴皇。充屈鬱律，瞋菌碨抰。酆琅磊落，駢田磅唐。取予時適，去就有方。洪殺衰序，希數必當。微風纖妙，若存若亡。蓋滯抗絕，中息更裝。奄忽滅沒，曄然復揚。或乃聊慮固護，專美擅工。漂淩絲簧，覆冒鼓鍾。或乃植持縼纆，佁儗寬容。簫管備舉，金石並隆。無相奪倫，以宣八風。律呂既和，哀聲五降。曲終闋盡，餘弦更興。繁手累發，密櫛疊重。踾踧攢仄，蜂聚蟻同。衆音猥積，以送厥終。

然後少息蹔怠，雜弄間奏。易聽駭耳，有所搖演。安翔駘蕩，從容闡緩。惆悵怨懟，窳圔竇赧。聿皇求索，乍近乍遠。臨危自放，若頹復反。蚡緼蟠紆，緸冤蜿蟺。筤笏抑隱，行入諸變。絞概汩湟，五音代轉。挼拏捘臧，遞相乘邅。反商下徵，每各異善。

故聆曲引者，觀法於節奏，察變於句投，以知禮制之不可逾越焉。聽簉弄者，遙思於古昔，虞志於怛惕，以知長戚之不能閒居焉。故論記其義，協比其象：徬徨縱肆，曠瀁敞罔，老莊之槩也。溫直擾毅，孔孟之方也。激朗清厲，隨光之介也。牢剌拂戾，諸、賁之氣也。節解句斷，管商之制也。條決繽紛，申韓之察也。繁縟駱驛，范蔡之說也。剺櫟銚䤞，晳龍之惠也。上擬法於韶箾南籥，中取度於白雪淥水，下采制於延露巴人。

是以尊卑都鄙，賢愚勇懼，魚鱉禽獸，聞之者莫不張耳鹿駭。熊經鳥申，鴟眎狼顧。拊譟踊躍，各得其齊。人盈所欲，皆反中和，以美風俗。屈平適樂國，介推還受祿。澹臺載尸歸，皋魚節其哭。長萬輟逆謀，渠彌不復惡。蒯聵能退敵，不占成節鄂。王公保其位，隱處安林薄。宦夫樂其業，士子世其宅。鱏魚喁於水裔，仰駟馬而舞玄鶴。

於時也，綿駒吞聲，伯牙毀弦。瓠巴聑柱，磬襄弛懸。留眎瞭眙，累稱屢贊。失

容墜席，搏拊雷抃。僬眇睢維，涕洟流漫。是故可以通靈感物，寫神喻意。致誠效志，率作興事。溉盥汙濊，澡雪垢滓矣。

昔庖羲作琴，神農造瑟。女媧制簧，暴辛爲塤。倕之和鐘，叔之離磬。或鑠金礱石，華睆切錯。丸挻彫琢，刻鏤鑽笮。窮妙極巧，曠以日月。然後成器，其音如彼。唯笛因其天姿，不變其材。伐而吹之，其聲如此。蓋亦簡易之義，賢人之業也。若然，六器者，猶以二皇聖哲黈益。況笛生乎大漢，而學者不識，其可以裨助盛美，忽而不贊，悲夫！

有庶士丘仲言其所由出，而不知其弘妙。其辭曰：

近世雙笛從羌起，羌人伐竹未及已。龍鳴水中不見已，截竹吹之聲相似。剡其上孔通洞之，裁以當簻便易持。易京君明識音律，故本四孔加以一。君明所加孔後出，是謂商聲五音畢。

琴賦一首并序

嵇叔夜

尸子曰：舜作五弦之琴，以歌南風：南風之薰兮，可以解吾人之慍。是舜歌也。《白虎通》曰：琴者，禁也。禁人邪惡，歸於正道，故謂之琴。

余少好音聲，長而翫之。以爲物有盛衰，而此無變；滋味有厭，而此不勸。可以導養神氣，宣和情志，處窮獨而不悶者，莫近於音聲也。是故復之而不足，則吟詠以肆志，吟詠之不足，則寄言以廣意。然八音之器，歌舞之象，歷世才士，並爲之賦頌。其體制風流，莫不相襲。稱其材幹，則以危苦爲上；賦其聲音，則以悲哀爲主；美其感化，則以垂涕爲貴。麗則麗矣，然未盡其理也。推其所由，似元不解音聲，覽其旨趣，亦未達禮樂之情也。衆器之中，琴德最優，故綴敘所懷，以爲之賦。其辭曰：

惟椅梧之所生兮，託峻嶽之崇岡。披重壤以誕載兮，參辰極而高驤。含天地之醇和兮，吸日月之休光。鬱紛紜以獨茂兮，飛英蕤於昊蒼。夕納景于虞淵兮，旦晞幹於九陽。經千載以待價兮，寂神跱而永康。

且其山川形勢，則盤紆隱深，磪嵬岑嵓。互嶺巉巖，岞崿嶇崯。丹崖嶮巇，青壁萬尋。若乃重巘增起，偃蹇雲覆，邈隆崇以極壯，崛巍巍而特秀。蒸靈液以播雲，據

神淵而吐溜。爾乃顛波奔突，狂赴爭流。觸巖觝隈，鬱怒彪休。洶涌騰薄，奮沫揚濤。瀄汩澎湃，蜿蟺相糾。放肆大川，濟乎中州。安回徐邁，寂爾長浮。澹乎洋洋，縈抱山丘。詳觀其區土之所產毓，奧宇之所寶殖。珍怪琅玕，瑤瑾翕赩。叢集累積，奐衍於其側。若乃春蘭被其東，沙棠殖其西。涓子宅其陽，玉醴涌其前。玄雲蔭其上，翔鸞集其巔。清露潤其膚，惠風流其間。竦肅肅以靜謐，密微微其清閑。夫所以經營其左右者，固以自然神麗，而足思願愛樂矣。

於是遯世之士，榮期綺季之疇，乃相與登飛梁，越幽壑，援瓊枝，陟峻崿，以遊乎其下。周旋永望，邈若淩飛。邪睨崑崙，俯闞海湄。指蒼梧之迢遞，臨迴江之威夷。悟時俗之多累，仰箕山之餘輝。羨斯嶽之弘敞，心慷慨以忘歸。情舒放而遠覽，接軒轅之遺音。慕老童於騩隅，欽泰容之高吟。顧茲梧而興慮，思假物以託心。乃斲孫枝，准量所任。至人攄思，制爲雅琴。

乃使離子督墨，匠石奮斤。夔襄薦法，般倕騁神。鎪會裛厠，朗密調均。華繪彫琢，布藻垂文。錯以犀象，籍以翠綠。弦以園客之絲，徽以鍾山之玉。爰有龍鳳之象，古人之形。伯牙揮手，鍾期聽聲。華容灼爚，發采揚明。何其麗也！伶倫比律，田連操張。進御君子，新聲憀亮。何其偉也！

及其初調，則角羽俱起，宮徵相證。參發並趣，上下累應。踸踔磥硌，美聲將興。固以和昶而足躭矣。爾乃理正聲，奏妙曲。揚白雪，發清角。紛淋浪以流離，奐淫衍而優渥。粲奕奕而高逝，馳岌岌以相屬。沛騰遌而競趣，翕韡曄而繁縟。狀若崇山，又象流波。浩兮湯湯，鬱兮峩峩。怫愲煩冤，紆餘婆娑。陵縱播逸，霍濩紛葩。檢容授節，應變合度。競名擅業，安軌徐步。洋洋習習，聲烈遐布。含顯媚以送終，飄餘響乎泰素。若乃高軒飛觀，廣夏閑房；冬夜肅清，朗月垂光。新衣翠粲，纓徽流芳。於是器冷弦調，心閑手敏。

觸攙如志，唯意所擬。初涉淥水，中奏清徵。雅昶唐堯，終詠微子。寬明弘潤，優遊躇跱。拊弦安歌，新聲代起。歌曰：淩扶搖兮憩瀛洲，要列子兮爲好仇。餐沆瀣兮帶朝霞，眇翩翩兮薄天遊。齊萬物兮超自得，委性命兮任去留。激清響以赴會，何弦歌之綢繆！

於是曲引向闌，衆音將歇。改韻易調，奇弄乃發。揚和顏，攘皓腕，飛纖指以馳騖，紛儮譶以流漫。或徘徊顧慕，擁鬱抑按。盤桓毓養，從容秘翫。闥爾奮逸，風駭雲亂。牢落凌厲，布濩半散。豐融披離，斐韡奐爛。英聲發越，采采粲粲。或間聲錯糅，狀若詭赴。雙美並進，駢馳翼驅。初若將乖，後卒同趣。或曲而不屈，直而不倨。或相淩而不亂，或相離而不殊。時劫掎以慷慨，或怨嫭而躊躇。忽飄颻以輕邁，乍留聯而扶疏。或參譚繁促，複疊攢仄。從橫駱驛，奔遯相逼。拊嗟累贊，間不容息。瓌豔奇偉，殫不可識。

若乃閑舒都雅，洪纖有宜。清和條昶，案衍陸離。穆溫柔以怡懌，婉順敘而委蛇。或乘險投會，邀隙趨危。譻若離鵾鳴清池，翼若游鴻翔曾崖。紛文斐尾，慊縿離纚。微風餘音，靡靡猗猗。或摟𢱧櫟捋，縹繚潎洌。輕行浮彈，明嫿睽慧。疾而不速，留而不滯。翩緜飄邈，微音迅逝。遠而聽之，若鸞鳳和鳴戲雲中；迫而察之，若衆葩敷榮曜春風。既豐贍以多姿，又善始而令終。嗟姣妙以弘麗，何變態之無窮！

若夫三春之初，麗服以時。乃攜友生，以遨以嬉。涉蘭圃，登重基。背長林，翳華芝。臨清流，賦新詩。嘉魚龍之逸豫，樂百卉之榮滋。理重華之遺操，慨遠慕而長思。

若乃華堂曲宴，密友近賓。蘭肴兼御，旨酒清醇。進南荊，發西秦。紹陵陽，度巴人。變用雜而並起，竦衆聽而駭神。料殊功而比操，豈笙籥之能倫？

若次其曲引所宜，則廣陵止息，東武太山。飛龍鹿鳴，鵾雞遊弦。更唱迭奏，聲若自然。流楚窈窕，懲躁雪煩。下逮謠俗，蔡氏五曲。王昭楚妃，千里別鶴。猶有一切承間簉乏。亦有可觀者焉。然非夫曠遠者，不能與之嬉遊；非夫淵靜者，不能與之閑止；非夫放達者，不能與之無吝；非夫至精者，不能與之析理也。

若論其體勢，詳其風聲。器和故響逸，張急故聲清。間遼故音庳，弦長故徽鳴。性絜靜以端理，含至德之和平。誠可以感蕩心志，而發洩幽情矣。是故懷戚者聞之，莫不憯懔慘淒，愀愴傷心。含哀懊咿，不能自禁。其康樂者聞之，則歆愉懽釋，抃舞踊溢。留連瀾漫，嗢噱終日。若和平者聽之，則怡養悅悆，淑穆玄真。恬虛樂古，棄事遺身。是以伯夷以之廉，顏回以之仁，比干以之忠，尾生以之信。惠施以之

辯給，萬石以之訥愼。其餘觸類而長，所致非一。同歸殊途，或文或質。總中和以統物，咸日用而不失。其感人動物，蓋亦弘矣！

于時也，金石寢聲，匏竹屏氣。王豹輟謳，狄牙喪味。天吳踊躍於重淵，王喬披雲而下墜。舞鸞鶩於庭階，游女飄焉而來萃。感天地以致和，況蚑行之衆類。嘉斯器之懿茂，詠兹文以自慰。永服御而不厭，信古今之所貴。

亂曰：愔愔琴德，不可測兮。體清心遠，邈難極兮。良質美手，遇今世兮。紛綸翕響，冠衆藝兮。識音者希，孰能珍兮。能盡雅琴，唯至人兮。

笙賦一首

潘安仁

河汾之寶，有曲沃之懸匏焉。鄒魯之珍，有汶陽之孤篠焉。若乃緜蔓紛敷之麗，浸潤靈液之滋，隅隈夷險之勢，禽鳥翔集之嬉，固衆作者之所詳，余可得而略之也。徒觀其制器也，則審洪纖，面短長。剫生簳，裁熟簧。設宮分羽，經徵列商。泄之反謚，厭焉乃揚。管攢羅而表列，音要妙而含清。各守一以司應，統大魁以爲笙。基黃鍾以舉韻，望鳳儀以擢形。寫皇翼以插羽，摹鸞音以厲聲。如鳥斯企，翾翾歧歧。明珠在咮，若銜若垂。脩檛內辟，餘簫外逶。駢田獦攦，鉀鏶參差。

於是乃有始泰終約，前榮後悴。激憤於今賤，永懷乎故貴。衆滿堂而飲酒，獨向隅以掩淚。援鳴笙而將吹，先嗢噦以理氣。初雍容以安暇，中佛鬱以怫惘。終嵬峩以塞愕，又颯遝而繁沸。罔浪孟以惆悵，若欲絕而復肆。懰檄糴以奔邀，似將放而中匱。愀愴惻減，飀韡煜熠。汎淫氾豔，霅曄岌岌。或桉衍夷靡，或竦踊剽急。或既往不反，或已出復入。徘徊布濩，渙衍葺襲。舞既蹈而中輟，節將撫而弗及。樂聲發而盡室歡，悲音奏而列坐泣。攡纖翮以震幽簧，越上筩而通下管。應吹噏以往來，隨抑揚以虛滿。勃慷慨以憀亮，顧躊躇以舒緩。輟張女之哀彈，流廣陵之名散。詠園桃之夭夭，歌棗下之纂纂。歌曰：

棗下纂纂，朱實離離。宛其落矣，化爲枯枝。人生不能行樂，死何以虛謚爲！

爾乃引飛龍，鳴鵾雞。雙鴻翔，白鶴飛。子喬輕舉，明君懷歸。荊王喟其長吟，楚妃歎而增悲。夫其悽戾辛酸，嚶嚶關關，若離鴻之鳴子也；含啁嘽諧，雍雍喈喈，若群雛之從母也。郁捋劫悟，泓宏融裔，哇咬嘲喈，一何察惠。訣厲悄切，又何

磬折。

若夫時陽初暖，臨川送離。酒酣徒擾，樂闋日移。疏客始闌，主人微疲。弛弦韜籥，徹塤屏篪。

爾乃促中筵，攜友生。解嚴顏，擢幽情。披黃包以授甘，傾縹瓷以酌酃。光歧儼其偕列，雙鳳嘈以和鳴。晉野悚而投琴，況齊瑟與秦箏。新聲變曲，奇韻橫逸。縈纏歌鼓，網羅鍾律。爛熠爚以放豔，鬱蓬勃以氣出。秋風詠於燕路，天光重乎朝日。大不逾宮，細不過羽。唱發章夏，導揚韶武。協和陳宋，混一齊楚。邇不逼而遠無攜，聲成文而節有叙。

彼政有失得，而化以醇薄。樂所以移風於善，亦所以易俗於惡。故絲竹之器未改，而桑濮之流已作。惟簧也，能研群聲之清；惟笙也，能總衆清之林。衛無所措其邪，鄭無所容其淫。非天下之和樂，不易之德音，其孰能與於此乎！

嘯賦一首

成公子安

逸群公子，體奇好異。傲世忘榮，絶棄人事。睎高慕古，長想遠思。將登箕山以抗節，浮滄海以游志。於是延友生，集同好。精性命之至機，研道德之玄奧。愍流俗之未悟，獨超然而先覺。狹世路之阨僻，仰天衢而高蹈。邈姱俗而遺身，乃慷慨而長嘯。

于時曜靈俄景，流光濛汜。逍遙攜手，踟跦步趾。發妙聲於丹脣，激哀音於皓齒。響抑揚而潛轉，氣衝鬱而熛起。協黃宮於清角，雜商羽於流徵。飄遊雲於泰清，集長風乎萬里。曲既終而響絶，遺餘翫而未已。良自然之至音，非絲竹之所擬。是故聲不假器，用不借物。近取諸身，役心御氣。動脣有曲，發口成音。觸類感物，因歌隨吟。大而不夸，細而不沈。清激切於竽笙，優潤和於瑟琴。玄妙足以通神悟靈，精微足以窮幽測深。收激楚之哀荒，節北里之奢淫。濟洪災於炎旱，反亢陽於重陰。唱引萬變，曲用無方。和樂怡懌，悲傷摧藏。時幽散而將絶，中矯厲而慨慷。徐婉約而優遊，紛繁鶩而激揚。情既思而能反，心雖哀而不傷。總八音之至和，固極樂而無荒。

若乃登高臺以臨遠，披文軒而騁望。喟仰抃而抗首，嘈長引而憀亮。或舒肆而

自反，或徘徊而復放。或冉弱而柔撓，或澎濞而奔壯。橫鬱鳴而滔涸，洌飄眇而清昶。逸氣奮涌，繽紛交錯。列列飈揚，啾啾響作。奏胡馬之長思，向寒風乎北朔。又似鴻鴈之將雛，群鳴號乎沙漠。故能因形創聲，隨事造曲。應物無窮，機發響速。怫鬱衝流，參譚雲屬。若離若合，將絕復續。飛廉鼓於幽隧，猛虎應於中谷。南箕動於穹蒼，清飈振乎喬木。散滯積而播揚，蕩埃藹之溷濁。變陰陽之至和，移淫風之穢俗。

若乃遊崇崗，陵景山。臨巖側，望流川。坐磐石，漱清泉。藉皐蘭之猗靡，蔭脩竹之蟬蜎。乃吟詠而發散，聲駱驛而響連。舒蓄思之悱憤，奮久結之纏緜。心滌蕩而無累，志離俗而飄然。

若夫假像金革，擬則陶匏。衆聲繁奏，若笳若簫。磞硠震隱，訇磕啷嘈。發徵則隆冬熙蒸，騁羽則嚴霜夏凋。動商則秋霖春降，奏角則谷風鳴條。音均不恒，曲無定制。行而不流，止而不滯。隨口吻而發揚，假芳氣而遠逝。音要妙而流響，聲激曜而清厲。信自然之極麗，羌殊尤而絕世。越韶夏與咸池，何徒取異乎鄭衛。

于時縣駒結舌而喪精，王豹杜口而失色。虞公輟聲而止歌，甯子檢手而歎息。鍾期棄琴而改聽，孔父忘味而不食。百獸率舞而抃足，鳳皇來儀而拊翼。乃知長嘯之奇妙，蓋亦音聲之至極。

昭明文選卷十九

【情】

高唐賦一首并序

宋玉

《漢書》注曰：雲夢中高唐之臺。此賦蓋假設其事，風諫淫惑也。

昔者楚襄王與宋玉遊於雲夢之臺，望高唐之觀。其上獨有雲氣，崪兮直上，忽兮改容，須臾之間，變化無窮。王問玉曰：『此何氣也？』玉對曰：『所謂朝雲者也。』王曰：『何謂朝雲？』玉曰：『昔者先王嘗遊高唐，怠而晝寢，夢見一婦人曰：「妾巫山之女也，爲高唐之客。聞君遊高唐，願薦枕席。」王因幸之。去而辭曰：「妾在巫山之陽，高丘之阻，旦爲朝雲，暮爲行雨。朝朝暮暮，陽臺之下。」旦朝視之如言。故爲立廟，號曰「朝雲」。』王曰：『朝雲始出，狀若何也？』玉對曰：『其始出也，㬳兮若松榯。其少進也，晣兮若姣姬。揚袂鄣日，而望所思。忽兮改容，偈兮若駕駟馬，建羽旗。湫兮如風，淒兮如雨。風止雨霽，雲無處所。』王曰：『寡人方今可以遊乎？』玉曰：『可。』王曰：『其何如矣？』玉曰：『高矣顯矣，臨望遠矣！廣矣普矣，萬物祖矣！上屬於天，下見於淵，珍怪奇偉，不可稱論。』王曰：『試爲寡人賦之。』玉曰：『唯唯。』

惟高唐之大體兮，殊無物類之可儀比。巫山赫其無疇兮，道互折而曾累。登巉巖而下望兮，臨大阺之稸水。遇天雨之新霽兮，觀百谷之俱集。濞洶洶其無聲兮，潰淡淡而並入。滂洋洋而四施兮，蓊湛湛而弗止。長風至而波起兮，若麗山之孤畝。勢薄岸而相擊兮，隘交引而卻會。崒中怒而特高兮，若浮海而望碣石。礫磥磥而相摩兮，巆震天之礚礚。巨石溺溺之瀺灂兮，沫潼潼而高厲。水澹澹而盤紆兮，洪波淫淫之溶潏。奔揚踊而相擊兮，雲興聲之霈霈。猛獸驚而跳駭兮，妄奔走而馳邁。虎豹豺兕，失氣恐喙。鵰鶚鷹鷂，飛揚伏竄，股戰脅息，安敢妄摯。

於是水蟲盡暴，乘渚之陽。黿鼉鱣鮪，交積縱橫。振鱗奮翼，蜲蜲蜿蜿。中阪遙望，玄木冬榮。煌煌熒熒，奪人目精。爛兮若列星，曾不可殫形。榛林鬱盛，葩華覆蓋。雙椅垂房，糾枝還會。徙靡澹淡，隨波闇藹。東西施翼，猗狔豐沛。綠葉紫

裹，丹莖白蔕。纖條悲鳴，聲似竽籟。清濁相和，五變四會。感心動耳，迴腸傷氣。孤子寡婦，寒心酸鼻。長吏隳官，賢士失志。愁思無已，歎息垂淚。

登高遠望，使人心瘁。盤岸巑岏，裖陳磑磑。磐石險峻，傾崎崖隤。巖嶇參差，從橫相追。陬互橫啎，背穴偃跖。交加累積，重疊增益。狀若砥柱，在巫山下。仰視山顛，肅何千千，炫燿虹蜺。俯視崝嶸，窐寥窈冥。不見其底，虛聞松聲。傾岸洋洋，立而熊經。久而不去，足盡汗出。悠悠忽忽，怊悵自失。使人心動，無故自恐。賁育之斷，不能爲勇。卒愕異物，不知所出。縰縰莘莘，若生於鬼，若出於神。狀似走獸，或象飛禽。譎詭奇偉，不可究陳。上至觀側，地蓋底平。箕踵漫衍，芳草羅生。秋蘭茝蕙，江離載菁。青荃射干，揭車苞并。薄草靡靡，聯延夭夭。越香掩掩，衆雀嗷嗷。雌雄相失，哀鳴相號。王雎鸝黃，正冥楚鳩。姊歸思婦，垂雞高巢。其鳴喈喈，當年遨遊。更唱迭和，赴曲隨流。

有方之士，羨門高谿。上成鬱林，公樂聚穀。進純犧，禱琁室。醮諸神，禮太一。傳祝已具，言辭已畢。王乃乘玉輿，駟倉螭。垂旒旌，旆合諧。紬大弦而雅聲流，冽風過而增悲哀。於是調謳，令人惏悷憯淒，脅息增欷。於是乃縱獵者，基趾如星。傳言羽獵，銜枚無聲。弓弩不發，罘罕不傾。涉漭漭，馳苹苹。飛鳥未及起，走獸未及發。何節奄忽，蹄足灑血？舉功先得，獲車已實。

王將欲往見，必先齋戒，差時擇日。簡輿玄服，建雲旆，蜺爲旌，翠爲蓋。風起雨止，千里而逝。蓋發蒙，往自會。思萬方，憂國害。開賢聖，輔不逮。九竅通鬱，精神察滯。延年益壽千萬歲。

神女賦一首并序

宋玉

楚襄王與宋玉遊於雲夢之浦，使玉賦高唐之事。其夜王寢，果夢與神女遇，其狀甚麗。王異之，明日以白玉。玉曰：『其夢若何？』王曰：『晡夕之後，精神怳忽，若有所喜。紛紛擾擾，未知何意。目色仿佛，乍若有記。見一婦人，狀甚奇異。寐而夢之，寤不自識。罔兮不樂，悵然失志。於是撫心定氣，復見所夢。』王曰：『狀何如也？』玉曰：『茂矣美矣！諸好備矣！盛矣麗矣！難測究矣！上古既無，世所未見。瓌姿瑋態，不可勝贊。其始來也，耀乎若白日初出照屋樑。其少進也，皎

若明月舒其光。須臾之間，美貌橫生。曄兮如華，溫乎如瑩。五色並馳，不可殫形。詳而視之，奪人目精。其盛飾也，則羅紈綺繢盛文章，極服妙采照萬方。振繡衣，被袿裳。襛不短，纖不長。步裔裔兮曜殿堂。忽兮改容，婉若遊龍乘雲翔。嫷被服，侻薄裝。沐蘭澤，含若芳。性和適，宜侍旁。順序卑，調心腸。』王曰：『若此盛矣！試爲寡人賦之。』玉曰：『唯唯。』

夫何神女之姣麗兮，含陰陽之渥飾。被華藻之可好兮，若翡翠之奮翼。其象無雙，其美無極。毛嬙鄣袂，不足程式。西施掩面，比之無色。近之既妖，遠之有望。骨法多奇，應君之相。視之盈目，孰者克尚。私心獨悅，樂之無量。交希恩疏，不可盡暢。他人莫覩，王覽其狀。其狀峩峩，何可極言。貌豐盈以莊姝兮，苞溫潤之玉顏。眸子炯其精朗兮，瞭多美而可觀。眉聯娟以蛾揚兮，朱脣的其若丹。素質幹之醲實兮，志解泰而體閑。既姽嫿於幽靜兮，又婆娑乎人間。宜高殿以廣意兮，翼放縱而綽寬。動霧縠以徐步兮，拂墀聲之珊珊。

望余帷而延視兮，若流波之將瀾。奮長袖以正衽兮，立躑躅而不安。澹清靜其愔嫕兮，性沈詳而不煩。時容與以微動兮，志未可乎得原。意似近而既遠兮，若將來而復旋。褰余幬而請御兮，願盡心之惓惓。懷貞亮之絜清兮，卒與我兮相難。陳嘉辭而云對兮，吐芬芳其若蘭。精交接以來往兮，心凱康以樂歡。神獨亨而未結兮，魂煢煢以無端。含然諾其不分兮，喟揚音而哀歎。頩薄怒以自持兮，曾不可乎犯干。

於是搖珮飾，鳴玉鸞。整衣服，斂容顏。顧女師，命太傅。歡情未接，將辭而去。遷延引身，不可親附。似逝未行，中若相首。目略微眄，精彩相授。志態橫出，不可勝記。意離未絕，神心怖覆。禮不遑訖，辭不及究。願假須臾，神女稱遽。徊腸傷氣，顛倒失據。闇然而暝，忽不知處。情獨私懷，誰者可語。惆悵垂涕，求之至曙。

登徒子好色賦一首并序　　宋玉

此賦假以爲辭，諷於淫也。

大夫登徒子侍於楚王，短宋玉曰：『玉爲人，體貌閑麗，口多微辭，又性好色。願王勿與出入後宮。』王以登徒子之言問宋玉，玉曰：『體貌閑麗，所受於天也；

口多微辭，所學於師也；至於好色，臣無有也。』王曰：『子不好色，亦有說乎？有說則止，無說則退。』玉曰：『天下之佳人莫若楚國，楚國之麗者莫若臣里，臣里之美者莫若臣東家之子。東家之子，增之一分則太長，減之一分則太短，著粉則太白，施朱則太赤。眉如翠羽，肌如白雪，腰如束素，齒如含貝。嫣然一笑，惑陽城，迷下蔡。然此女登牆闚臣三年，至今未許也。登徒子則不然。其妻蓬頭攣耳，齞脣歷齒。旁行踽僂，又疥且痔。登徒子悅之，使有五子。王孰察之，誰爲好色者矣。』是時，秦章華大夫在側，因進而稱曰：『今夫宋玉盛稱鄰之女，以爲美色，愚亂之邪！臣自以爲守德，謂不如彼矣。且夫南楚窮巷之妾，焉足爲大王言乎？若臣之陋，目所曾覩者，未敢云也。』王曰：『試爲寡人說之。』大夫曰：『唯唯。』

『臣少曾遠遊，周覽九土，足歷五都。出咸陽，熙邯鄲。從容鄭衛溱洧之間。是時向春之末，迎夏之陽。鶬鶊喈喈，群女出桑。此郊之姝，華色含光。體美容冶，不待飾裝。臣觀其麗者，因稱詩曰：遵大路兮攬子袪，贈以芳華辭甚妙。於是處子怳若有望而不來，忽若有來而不見，意密體疏，俯仰異觀，含喜微笑，竊視流眄。復稱

詩曰：寤春風兮發鮮榮。絜齋俟兮惠音聲。贈我如此兮不如無生。因遷延而辭避，蓋徒以微辭相感動，精神相依憑，目欲其顏，心顧其義，揚詩守禮，終不過差，故足稱也。』

於是楚王稱善，宋玉遂不退。

洛神賦一首并序

曹子建

黃初三年，余朝京師，還濟洛川。古人有言，斯水之神，名曰宓妃。感宋玉對楚王神女之事，遂作斯賦。其辭曰：

余從京域，言歸東藩。背伊闕，越轘轅。經通谷，陵景山。日既西傾，車殆馬煩。爾乃稅駕乎蘅皋，秣駟乎芝田。容與乎陽林，流眄乎洛川。於是精移神駭，忽焉思散。俯則未察，仰以殊觀。覩一麗人，于巖之畔。乃援御者而告之曰：『爾有覿於彼者乎？彼何人斯，若此之豔也？』御者對曰：『臣聞河洛之神，名曰宓妃，然則君王所見，無乃是乎？其狀若何？臣願聞之。』

余告之曰：『其形也，翩若驚鴻，婉若遊龍。榮曜秋菊，華茂春松。仿佛兮若輕

雲之蔽月，飄颻兮若流風之迴雪。遠而望之，皎若太陽升朝霞；迫而察之，灼若芙蕖出渌波。襛纖得衷，脩短合度。肩若削成，腰如約素。延頸秀項，皓質呈露。芳澤無加，鉛華弗御。雲髻峩峩，脩眉聯娟。丹脣外朗，皓齒內鮮。明眸善睞，靨輔承權。瓌姿豔逸，儀靜體閑。柔情綽態，媚於語言。奇服曠世，骨像應圖。披羅衣之璀粲兮，珥瑤碧之華琚。戴金翠之首飾，綴明珠以耀軀。踐遠遊之文履，曳霧綃之輕裾。微幽蘭之芳藹兮，步踟躕於山隅。

『於是忽焉縱體，以遨以嬉。左倚采旄，右蔭桂旗。攘皓腕於神滸兮，采湍瀨之玄芝。余情悅其淑美兮，心振蕩而不怡。無良媒以接懽兮，託微波而通辭。願誠素之先達兮，解玉佩以要之。嗟佳人之信脩，羌習禮而明詩。抗瓊珶以和予兮，指潛淵而爲期。執眷眷之款實兮，懼斯靈之我欺。感交甫之弃言兮，悵猶豫而狐疑。收和顏而靜志兮，申禮防以自持。

『於是洛靈感焉，徙倚傍徨。神光離合，乍陰乍陽。竦輕軀以鶴立，若將飛而未翔。踐椒塗之郁烈，步蘅薄而流芳。超長吟以永慕兮，聲哀厲而彌長。

『爾乃眾靈雜遝，命儔嘯侶。或戲清流，或翔神渚。或采明珠，或拾翠羽。從南湘之二妃，攜漢濱之游女。歎匏瓜之無匹兮，詠牽牛之獨處。揚輕袿之猗靡兮，翳脩袖以延佇。體迅飛鳧，飄忽若神。陵波微步，羅襪生塵。動無常則，若危若安。進止難期，若往若還。轉眄流精，光潤玉顏。含辭未吐，氣若幽蘭。華容婀娜，令我忘飡。

『於是屏翳收風，川后靜波。馮夷鳴鼓，女媧清歌。騰文魚以警乘，鳴玉鸞以偕逝。六龍儼其齊首，載雲車之容裔。鯨鯢踊而夾轂，水禽翔而爲衛。

『於是越北沚，過南岡。紆素領，迴清陽。動朱脣以徐言，陳交接之大綱。恨人神之道殊兮，怨盛年之莫當。抗羅袂以掩涕兮，淚流襟之浪浪。悼良會之永絕兮，哀一逝而異鄉。無微情以效愛兮，獻江南之明璫。雖潛處於太陰，長寄心於君王。忽不悟其所舍，悵神宵而蔽光。

『於是背下陵高，足往神留。遺情想像，顧望懷愁。冀靈體之復形，御輕舟而上溯。浮長川而忘反，思緜緜而增慕。夜耿耿而不寐，霑繁霜而至曙。命僕夫而就駕，

吾將歸乎東路。攬騑轡以抗策，悵盤桓而不能去。』

詩甲

【補亡】

補亡詩六首

束廣微

南陔，孝子相戒以養也。

循彼南陔，言采其蘭。眷戀庭闈，心不遑安。彼居之子，罔或游盤。馨爾夕膳，絜爾晨飡。循彼南陔，厥草油油。彼居之子，色思其柔。眷戀庭闈，心不遑留。馨爾夕膳，絜爾晨羞。有獺有獺，在河之涘。淩波赴汨，噬魴捕鯉。嗷嗷林烏，受哺于子。養隆敬薄，惟禽之似。勗增爾虔，以介丕祉。

白華，孝子之絜白也。

白華朱萼，被于幽薄。粲粲門子，如磨如錯。終晨三省，匪惰其恪。白華絳趺，在陵之陬。蒨蒨士子，涅而不渝。竭誠盡敬，亹亹忘劬。白華玄足，在丘之曲。堂堂處子，無營無欲。鮮侔晨葩，莫之點辱。

華黍，時和歲豐，宜黍稷也。

黮黮重雲，輯輯和風。黍華陵巔，麥秀丘中。靡田不播，九穀斯豐。奕奕玄霄，濛濛甘霤。黍發稠華，亦挺其秀。靡田不殖，九穀斯茂。無高不播，無下不殖。芒芒其稼，參參其穡。稸我王委，充我民食。玉燭陽明，顯猷翼翼。

由庚，萬物得由其道也。

蕩蕩夷庚，物則由之。蠢蠢庶類，王亦柔之。道之既由，化之既柔。木以秋零，草以春抽。獸在于草，魚躍順流。四時遞謝，八風代扇。纖阿案晷，星變其躔。五是不逆，六氣無易。愔愔我王，紹文之跡。

崇丘，萬物得極其高大也。

瞻彼崇丘，其林藹藹。植物斯高，動類斯大。周風既洽，王猷允泰。漫漫方輿，回回洪覆。何類不繁，何生不茂。物極其性，人永其壽。恢恢大圓，芒芒九壤。資生仰化，于何不養。人無道夭，物極則長。

由儀，萬物之生，各得其儀也。

肅肅君子，由儀率性。明明后辟，仁以爲政。魚游清沼，鳥萃平林。濯鱗鼓翼，振振其音。賓寫爾誠，主竭其心。時之和矣，何思何脩。文化内輯，武功外悠。

【述德】

述祖德詩二首（五言）

謝靈運

達人貴自我，高情屬天雲。兼抱濟物性，而不纓垢氛。段生蕃魏國，展季救魯人。弦高犒晉師，仲連卻秦軍。臨組乍不緤，對珪寧肯分。惠物辭所賞，勵志故絶人。苕苕歷千載，遥遥播清塵。清塵竟誰嗣，明哲時經綸。委講綴道論，改服康世屯。屯難既云康，尊主隆斯民。

中原昔喪亂，喪亂豈解已。崩騰永嘉末，逼迫太元始。河外無反正，江介有蹶圮。萬邦咸震懾，横流賴君子。拯溺由道情，龕暴資神理。秦趙欣來蘇，燕魏遲文軌。賢相謝世運，遠圖因事止。高揖七州外，拂衣五湖裏。隨山疏濬潭，傍巖蓺枌梓。遺情捨塵物，貞觀丘壑美。

【勸勵】

諷諫詩一首并序（四言）

韋孟

孟爲元王傅，傅子夷王及孫王戊。戊荒淫不遵道，作詩諷諫。曰：

肅肅我祖，國自豕韋。黼衣朱紱，四牡龍旂。彤弓斯征，撫寧遐荒。揔齊群邦，以翼大商。迭彼大彭，勳績惟光。至于有周，歷世會同。王赧聽譖，寔絶我邦。我邦既絶，厥政斯逸。賞罰之行，非繇王室。庶尹群后，靡扶靡衛。五服崩離，宗周以墜。我祖斯微，遷于彭城。在予小子，勤唉厥生。厄此嫚秦，耒耜斯耕。悠悠嫚秦，上天不寧。乃眷南顧，授漢于京。於赫有漢，四方是征。靡適不懷，萬國攸平。乃命厥弟，建侯于楚。俾我小臣，惟傅是輔。矜矜元王，恭儉靜一。惠此黎民，納彼輔弼。享國漸世，垂烈于後。乃及夷王，克奉厥緒。咨命不永，惟王統祀。左右陪臣，斯惟皇士。如何我王，不思守保。不惟履冰，以繼祖考。邦事是廢，逸游是娛。犬馬悠悠，是放是驅。務此鳥獸，忽此稼苗。蒸民以匱，我王以媮。所弘匪德，所親匪俊。唯囿是恢，唯諛是信。睮睮諂夫，諤諤黄髮。如何我王，曾不是察。既藐下臣，

追欲縱逸。嫚彼顯祖，輕此削黜。嗟嗟我王，漢之睦親。曾不夙夜，以休令聞。穆穆天子，照臨下土。明明群司，執憲靡顧。正遐由近，殆其茲怙。嗟嗟我王，曷不斯思？匪思匪監，嗣其罔則。彌彌其逸，岌岌其國。致冰匪霜，致墜匪嫚。瞻惟我王，時靡不練。興國救顛，孰違悔過？追思黃髮，秦繆以霸。歲月其徂，年其逮耇。於赫君子，庶顯于後。我王如何，曾不斯覽。黃髮不近，胡不時鑒！

勵志詩一首（四言）

張茂先

大儀斡運，天迴地游。四氣鱗次，寒暑環周。星火既夕，忽焉素秋。涼風振落，熠燿宵流。起士思秋，寔感物化。日與月與，荏苒代謝。逝者如斯，曾無日夜。嗟爾庶士，胡寧自舍？仁道不遐，德輶如羽。求焉斯至，衆鮮克舉。大猷玄漠，將抽厥緒。先民有作，貽我高矩。雖有淑姿，放心縱逸。田般于游，居多暇日。如彼梓材，弗勤丹漆。雖勞朴斲，終負素質。養由矯矢，獸號于林。蒱盧縈繳，神感飛禽。末伎之妙，動物應心。研精躭道，安有幽深？安心恬蕩，棲志浮雲。體之以質，彪之以文。如彼南畝，力耒既勤。藨蓘至功，必有豐殷。水積成淵，載瀾載清。土積成山，歊蒸鬱冥。山不讓塵，川不辭盈。勉爾含弘，以隆德聲。高以下基，洪由纖起。川廣自源，成人在始。累微以著，乃物之理。纆牽之長，實累千里。復禮終朝，天下歸仁。若金受礪，若泥在鈞。進德脩業，暉光日新。隰朋仰慕，予亦何人？

昭明文選卷二十

【獻詩】

上責躬應詔詩表一首（四言）

曹子建

臣植言：臣自抱舋歸藩，刻肌刻骨，追思罪戾，晝分而食，夜分而寢。誠以天網不可重罹，聖恩難可再恃，竊感相鼠之篇，無禮遄死之義，形影相弔，五情愧赧。以罪棄生，則違古賢夕改之勸；忍垢苟全，則犯詩人胡顏之譏。伏惟陛下，德象天地，恩隆父母，施暢春風，澤如時雨。是以不別荊棘者，慶雲之惠也；七子均養者，鳲鳩之仁也；舍罪責功者，明君之舉也；矜愚愛能者，慈父之恩也。是以愚臣徘徊於恩澤，而不敢自棄者也。前奉詔書，臣等絕朝，心離志絕，自分黃耇，永無執珪之望。不圖聖詔，猥垂齒召。至止之日，馳心輦轂，僻處西館，未奉闕庭，踊躍之懷，瞻望反側，不勝犬馬戀主之情。謹拜表并獻詩二篇，詞旨淺末，不足采覽，貴露下情，冒顏以聞。臣植誠惶誠恐，頓首頓首，死罪死罪。

責躬詩一首（四言）

於穆顯考，時惟武皇。受命于天，寧濟四方。朱旗所拂，九土披攘。玄化滂流，荒服來王。超商越周，與唐比蹤。篤生我皇，奕世載聰。武則肅烈，文則時雍。受禪于漢，君臨萬邦。萬邦既化，率由舊則。廣命懿親，以藩王國。帝曰爾侯，君茲青土。奄有海濱，方周于魯。車服有輝，旗章有敘。濟濟俊乂，我弼我輔。伊余小子，恃寵驕盈。舉挂時網，動亂國經。作蕃作屏，先軌是隳。傲我皇使，犯我朝儀。國有典刑，我削我黜。將寘于理，元兇是率。明明天子，時惟篤類。不忍我刑，暴之朝肆。違彼執憲，哀予小臣。改封兗邑，于河之濱。股肱弗置，有君無臣。荒淫之闕，誰弼予身？煢煢僕夫，于彼冀方。嗟余小子，乃罹斯殃。赫赫天子，恩不遺物。冠我玄冕，要我朱紱。光光大使，我榮我華。剖符受土，王爵是加。仰齒金璽，俯執聖策。皇恩過隆，祇承怵惕。咨我小子，頑凶是嬰。逝慙陵墓，存愧闕庭。匪敢傲德，寔恩是恃。威靈改加，足以沒齒。昊天罔極，生命不圖。嘗懼顛沛，抱罪黃壚。願蒙矢石，建旗東嶽。庶立毫氂，微功自贖。危軀授命，知足免戾。甘赴江湘，奮戈吳

越。天啓其衷，得會京畿。遲奉聖顏，如渴如飢。心之云慕，愴矣其悲。天高聽卑，皇肯照微。

應詔詩一首（四言）

曹子建

肅承明詔，應會皇都。星陳夙駕，秣馬脂車。命彼掌徒，肅我征旅。朝發鸞臺，夕宿蘭渚。芒芒原隰，祁祁士女。經彼公田，樂我稷黍。爰有樛木，重陰匪息。雖有餱糧，飢不遑食。望城不過，面邑不遊。僕夫警策，平路是由。玄駟藹藹，揚鑣漂沫。流風翼衡，輕雲承蓋。涉澗之濱，緣山之隈。遵彼河滸，黃坂是階。西濟關谷，或降或升。騑驂倦路，再寢再興。將朝聖皇，匪敢晏寧。弭節長騖，指日遄征。前驅舉燧，後乘抗旌。輪不輟運，鑾無廢聲。爰暨帝室，稅此西墉。嘉詔未賜，朝覲莫從。仰瞻城閾，俯惟闕庭。長懷永慕，憂心如酲。

關中詩一首（四言）

潘安仁

於皇時晉，受命既固。三祖在天，聖皇紹祚。德博化光，刑簡枉錯。微火不戒，延我寶庫。蠢爾戎狄，狡焉思肆。虞我國眚，窺我利器。岳牧慮殊，威懷理二。將無專策，兵不素肄。翹翹趙王，請徒三萬。朝議惟疑，未逞斯願。桓桓梁征，高牙乃

建。旗蓋相望，偏師作援。虎視眈眈，威彼好畤。素甲日曜，玄幕雲起。誰其繼之？夏侯卿士。惟系惟處，列營棊跱。夫豈無謀，戎士承平。守有完郛，戰無全兵。鋒交卒奔，孰免孟明？飛檄秦郊，告敗上京。周殉師令，身膏氏斧。人之云亡，貞節克舉。盧播違命，投畀朔土。爲法受惡，誰謂荼苦？哀此黎元，無罪無辜。肝腦塗地，白骨交衢。夫行妻寡，父出子孤。俾我晉民，化爲狄俘。亂離斯瘼，日月其稔。天子是矜，旰食晏寢。主憂臣勞，孰不祗懍。愧無獻納，尸素以甚。皇赫斯怒，爰整精銳。命彼上谷，指日遄逝。親奉成規，稜威遐厲。首陷中亭，揚聲萬計。兵固詭道，先聲後實。聞之有司，以萬爲一。紂之不善，我未之必。虛皛湛德，謬彰甲吉。雍門不啓，陳汧危逼。觀遂虎奮，感恩輸力。重圍克解，危城載色。豈曰無過？功亦不測。情固萬端，于何不有？紛紜齊萬，亦孔之醜。曰納其降，曰梟其首。疇真可掩？孰僞可久？既徵爾辭，既蔽爾訟。當乃明實，否則證空。好爵既靡，顯戮亦從。不見竇林，伏尸漢邦！周人之詩，寔曰采薇。北難獫狁，西患昆夷。以古況今，何足

曜威？徒愍斯民，我心傷悲。斯民如何？荼毒于秦。師旅既加，饑饉是因。疫癘淫行，荊棘成榛。絳陽之粟，浮于渭濱。明明天子，視民如傷。申命群司，保爾封疆。靡暴于衆，無陵于強。惴惴寡弱，如熙春陽。

【公讌】

公讌詩一首（五言）　曹子建

公子敬愛客，終宴不知疲。清夜遊西園，飛蓋相追隨。明月澄清景，列宿正參差。秋蘭被長坂，朱華冒緑池。潛魚躍清波，好鳥鳴高枝。神飇接丹轂，輕輦隨風移。飄颻放志意，千秋長若斯。

公讌詩一首（五言）　王仲宣

昊天降豐澤，百卉挺葳蕤。涼風撤蒸暑，清雲却炎暉。高會君子堂，並坐蔭華榱。嘉肴充圓方，旨酒盈金罍。管弦發徽音，曲度清且悲。合坐同所樂，但愬杯行遲。常聞詩人語，不醉且無歸。今日不極懽，含情欲待誰？見眷良不翅，守分豈能違。古人有遺言，君子福所綏。願我賢主人，與天享巍巍。克符周公業，奕世不可追。

公讌詩一首（五言）　劉公幹

永日行遊戲，懽樂猶未央。遺思在玄夜，相與復翱翔。輦車飛素蓋，從者盈路傍。月出照園中，珍木鬱蒼蒼。清川過石渠，流波爲魚防。芙蓉散其華，菡萏溢金塘。靈鳥宿水裔，仁獸遊飛梁。華館寄流波，豁達來風涼。生平未始聞，歌之安能詳？投翰長歎息，綺麗不可忘。

侍五官中郎將建章臺集詩一首（五言）　應德璉

朝鴈鳴雲中，音響一何哀！問子遊何鄉？戢翼正徘徊。言我寒門來，將就衡陽棲。往春翔北土，今冬客南淮。遠行蒙霜雪，毛羽日摧頹。常恐傷肌骨，身隕沈黃泥。簡珠墮沙石，何能中自諧？欲因雲雨會，濯翼陵高梯。良遇不可值，伸眉路何階？公子敬愛客，樂飲不知疲。和顏既以暢，乃肯顧細微。贈詩見存慰，小子非所宜。爲且極歡情，不醉其無歸。凡百敬爾位，以副飢渴懷。

皇太子讌玄圃宣猷堂有令賦詩一首(四言)　陸士衡

三正迭紹，洪聖啓運。自昔哲王，先天而順。群辟崇替，降及近古。黃暉既渝，素靈承祜。乃眷斯顧，祚之宅土。三后始基，世武丕承。協風傍駭，天晷仰澄。淳曜六合，皇慶攸興。自彼河汾，奄齊七政。時文惟晉，世篤其聖。欽翼昊天，對揚成命。九區克咸，宴歌以詠。皇上纂隆，經教弘道。于化既豐，在工載考。俯釐庶績，仰荒大造。儀刑祖宗，妥綏天保。篤生我后，克明克秀。體輝重光，承規景數。茂德淵沖，天姿玉裕。蕞爾小臣，邈彼荒遐。弛厥負簷，振纓承華。匪願伊始，惟命之嘉。

大將軍讌會被命作詩一首(四言)　陸士龍

皇皇帝祜，誕隆駿命。四祖正家，天祿保定。睿哲惟晉，世有明哲。如彼日月，萬景攸正。巍巍明聖，道隆自天。則明分爽，觀象洞玄。陵風協紀，絕輝照淵。肅雍往播，福祿來臻。在昔奸臣，稱亂紫微。神風潛駭，有赫茲威。靈旗樹旆，如電斯揮。致天之屆，于河之沂。有命再集，皇輿凱歸。頹綱既振，品物咸秩。神道見素，遺華反質。辰晷重光，協風應律。函夏無塵，海外有謐。芒芒宇宙，天地交泰。王在華堂，式宴嘉會。玄暉峻朗，翠雲崇靄。冕弁振纓，服藻垂帶。祁祁臣僚，有來雍雍。薄言載考，承顏下風。俯覲嘉客，仰瞻玉容。施己唯約，于禮斯豐。天錫難老，如嶽之崇。

晉武帝華林園集詩一首(四言)　應吉甫

悠悠太上，民之厥初。皇極肇建，彝倫攸敷。五德更運，膺籙受符。陶唐既謝，天歷在虞。於時上帝，乃顧惟眷。光我晉祚，應期納禪。位以龍飛，文以虎變。玄澤滂流，仁風潛扇。區內宅心，方隅回面。天垂其象，地曜其文。鳳鳴朝陽，龍翔景雲。嘉禾重穎，蓂莢載芬。率土咸序，人胥悅欣。恢恢皇度，穆穆聖容。言思其順，貌思其恭。在視斯明，在聽斯聰。登庸以德，明試以功。其恭惟何？昧旦丕顯。無理不經，無義不踐。行捨其華，言去其辯。游心至虛，同規易簡。六府孔修，九有斯靖。澤靡不被，化罔不加。聲教南暨，西漸流沙。幽人肆險，遠國忘遐。越裳重譯，充我皇家。峩峩列辟，赫赫虎臣。內和五品，外威四賓。脩時貢職，入覲天人。備

言錫命，羽蓋朱輪。貽宴好會，不常厥數。神心所受，不言而喻。於時肆射，弓矢斯御。發彼五的，有酒斯飫。文武之道，厥猷未墜。在昔先王，射御兹器。示武懼荒，過亦爲失。凡厥群后，無懈于位。

九日從宋公戲馬臺集送孔令詩一首（五言）

謝宣遠

風至授寒服，霜降休百工。繁林收陽彩，密苑解華叢。巢幕無留鷰，遵渚有來鴻。輕霞冠秋日，迅商薄清穹。聖心眷嘉節，揚鑾戾行宮。四筵霑芳醴，中堂起絲桐。扶光迫西汜，歡餘宴有窮。逝矣將歸客，養素克有終。臨流怨莫從，歡心歎飛蓬。

樂遊應詔詩一首（五言）

范蔚宗

崇盛歸朝闕，虛寂在川岑。山梁協孔性，黄屋非堯心。軒駕時未肅，文囿降照臨。流雲起行蓋，晨風引鑾音。原薄信平蔚，臺澗備曾深。蘭池清夏氣，脩帳含秋陰。遵渚攀蒙密，隨山上嶇嶔。睇目有極覽，遊情無近尋。聞道雖已積，年力互頽侵。探己謝丹黻，感事懷長林。

九日從宋公戲馬臺集送孔令詩一首（五言）

謝靈運

季秋邊朔苦，旅鴈違霜雪。淒淒陽卉腓，皎皎寒潭絜。良辰感聖心，雲旗興暮節。鳴葭戾朱宮，蘭巵獻時哲。餞宴光有孚，和樂隆所缺。在宥天下理，吹萬群方悅。歸客遂海嵎，脫冠謝朝列。弭棹薄枉渚，指景待樂闋。河流有急瀾，浮驂無緩轍。豈伊川途念，宿心愧將別。彼美丘園道，喟焉傷薄劣。

應詔讌曲水作詩一首（四言）

顔延年

道隱未形，治彰既亂。帝跡懸衡，皇流共貫。惟王創物，永錫洪筭。仁固開周，義高登漢。祚融世哲，業光列聖。太上正位，天臨海鏡。制以化裁，樹之形性。惠浸萌生，信及翔泳。崇虛非徵，積實莫尚。豈伊人和，寔靈所貺。日完其朔，月不掩望。航琛越水，輦賮逾障。帝體麗明，儀辰作貳。君彼東朝，金昭玉粹。德有潤身，禮不愆器。柔中淵映，芳猷蘭秘。昔在文昭，今惟武穆。於赫王宰，方旦居叔。有睟睿蕃，爰履奠牧。寧極和鈞，屏京維服。朏魄雙交，月氣參變。開榮灑澤，舒虹爍電。化際無間，皇情爰眷。伊思鎬飲，每惟洛宴。郊餞有壇，君舉有禮。幕帷蘭甸，

畫流高陛。分庭薦樂，析波浮醴。豫同夏諺，事兼出濟。仰閱豐施，降惟微物。三妨儲隸，五塵朝黻。途泰命屯，恩充報屈。有悔可悛，滯瑕難拂。

皇太子釋奠會作詩一首（四言）

顏延年

國尚師位，家崇儒門。稟道毓德，講藝立言。浚明爽曙，達義茲昏。永瞻先覺，顧惟後昆。大人長物，繼天接聖。時屯必亨，運蒙則正。偃閉武術，闡揚文令。庶士傾風，萬流仰鏡。虞庠飾館，睿圖炳睟。懷仁憬集，抱智麕至。踵門陳書，躡蹻獻器。澡身玄淵，宅心道秘。伊昔周儲，聿光往記。思皇世哲，體元作嗣。資此夙知，降從經志。逷彼前文，規周矩值。正殿虛筵，司分簡日。尚席函杖，丞疑奉帙。侍言稱辭，惇史秉筆。妙識幾音，王載有述。肆議芳訊，大教克明。敬躬祀典，告奠聖靈。禮屬觀盥，樂薦歌笙。昭事是肅，俎實非馨。獻終襲吉，即宮廣宴。堂設象筵，庭宿金懸。台保兼徽，皇戚比彥。肴乾酒澄，端服整弁。六官眡命，九賓相儀。纓笏匝序，巾卷充街。都莊雲動，野馗風馳。倫周伍漢，超哉邈猗。清暉在天，容光必照。物性其情，理宜其奧。安先國胄，側聞邦教。徒愧微冥，終謝智效。

侍讌樂遊苑送張徐州應詔詩一首（五言）

丘希範

詰旦閶闔開，馳道聞鳳吹。輕荑承玉輦，細草藉龍騎。風遲山尚響，雨息雲猶積。巢空初鳥飛，荇亂新魚戲。寔惟北門重，匪親孰爲寄？參差別念舉，肅穆恩波被。小臣信多幸，投生豈酬義。

應詔樂遊苑餞呂僧珍詩一首（五言）

沈休文

丹浦非樂戰，負重切君臨。我皇秉至德，忘己用堯心。愍茲區宇內，魚鳥失飛沈。推轂二崤岨，揚旆九河陰。超乘盡三屬，選士皆百金。戎車出細柳，餞席樽上林。命師誅後服，授律綏前禽。函轘方解帶，嶢武稍披襟。伐罪芒山曲，弔民伊水潯。將陪告成禮，待此未抽簪。

【祖餞】

送應氏詩二首（五言）

曹子建

步登北芒坂，遙望洛陽山。洛陽何寂寞，宮室盡燒焚。垣牆皆頓擗，荆棘上參天。不見舊耆老，但覩新少年。側足無行徑，荒疇不復田。遊子久不歸，不識陌與

阡。中野何蕭條，千里無人煙。念我平常居，氣結不能言。清時難屢得，嘉會不可常。天地無終極，人命若朝霜。願得展嬿婉，我友之朔方。親昵並集送，置酒此河陽。中饋豈獨薄，賓飲不盡觴。愛至望苦深，豈不愧中腸！山川阻且遠，別促會日長。願爲比翼鳥，施翮起高翔。

征西官屬送於陟陽候作詩一首（五言）　孫子荆

晨風飄歧路，零雨被秋草。傾城遠追送，餞我千里道。三命皆有極，咄嗟安可保？莫大於殤子，彭聃猶爲夭。吉凶如糾纆，憂喜相紛繞。天地爲我壚，萬物一何小？達人垂大觀，誡此苦不早。乖離即長衢，惆悵盈懷抱。孰能察其心？鑒之以蒼昊。齊契在今朝，守之與偕老。

金谷集作詩一首（五言）　潘安仁

王生和鼎實，石子鎮海沂。親友各言邁，中心悵有違。何以敘離思？攜手游郊畿。朝發晉京陽，夕次金谷湄。迴谿縈曲阻，峻阪路威夷。緑池汎淡淡，青柳何依依。濫泉龍鱗瀾，激波連珠揮。前庭樹沙棠，後園植烏椑。靈囿繁若榴，茂林列芳梨。飲至臨華沼，遷坐登隆坻。玄醴染朱顏，但愬杯行遲。揚桴撫靈鼓，簫管清且悲。春榮誰不慕？歲寒良獨希！投分寄石友，白首同所歸。

王撫軍庾西陽集別時爲豫章太守庾被徵還東一首（五言）　謝宣遠

祇召旋北京，守官反南服。方舟新舊知，對筵曠明牧。舉觴矜飲餞，指途念出宿。來晨無定端，別晷有成速。頹陽照通津，夕陰曖平陸。榜人理行艫，輶軒命歸僕。分手東城闉，發棹西江隩。離會雖相親，逝川豈往復。誰謂情可書？盡言非尺牘。

鄰里相送方山詩一首（五言）　謝靈運

祇役出皇邑，相期憩甌越。解纜及流潮，懷舊不能發。析析就衰林，皎皎明秋月。含情易爲盈，遇物難可歇。積痾謝生慮，寡欲罕所闕。資此永幽棲，豈伊年歲別。各勉日新志，音塵慰寂蔑。

新亭渚別范零陵詩一首（五言）　謝玄暉

洞庭張樂地，瀟湘帝子遊。雲去蒼梧野，水還江漢流。停驂我悵望，輟棹子夷

猶。庚平聽方籍，茂陵將見求。心事俱已矣，江上徒離憂。

別范安成詩一首（五言）

沈休文

生平少年日，分手易前期。及爾同衰暮，非復別離時。勿言一樽酒，明日難重持。夢中不識路，何以慰相思？